# 清词是一朵禅花2

## 红楼诗词传

若梅/著

时事出版社

图书在版编目(CIP)数据

红楼诗词传 / 若梅著.—北京:时事出版社,2014.9

(清词是一朵禅花;2)

ISBN 978-7-80232-752-8

Ⅰ.①红…　Ⅱ.①若…　Ⅲ.①《红楼梦》- 古典诗歌 - 诗歌欣赏
Ⅳ.① I207.411

中国版本图书馆 CIP 数据核字(2014)第178755 号

出版发行:时事出版社
地　　址:北京市海淀区巨山村 375 号
邮　　编:100093
发行热线:(010)82546061　82546062
读者服务部:(010)61157595
传　　真:(010)82546050
电子邮箱:shishichubanshe@sina.com
网　　址:www.shishishe.com
印　　刷:北京建泰印刷有限公司

开本:880×1230　1/32　印张:8　字数:155 千字
2014 年 9 月第 1 版　2014 年 9 月第 1 次印刷
定价:29.80 元
(如有印装质量问题,请与本社发行部联系调换)

# 前言

《红楼梦》是一部小说，但里面包含了大量的诗词曲赋和韵文，这些诗词华丽而忧伤，美好却又带有一丝凄凉，犹如泪滴般的珍珠散落于整部书中，几百年来打动无数“红迷”。这些诗词是红楼女儿们的心情随感，更是命运写照，让人读之凄然。

“都道是金玉良姻，俺只念木石前盟。空对着，山中高士晶莹雪；终不忘，世外仙姝寂寞林。”不管是金玉良姻，亦还是木石前盟，穿过尘世，终究逃不过镜中月、水中花。爱情本就是很奇妙的东西，即便是深爱着你，喜欢着你，心中对你念着片片深情，最终也不过是有情换来无情泪。至死不渝的爱情，并未需要完美的结合，只要心心念念，日月可鉴，即使没有金玉姻缘，红线相牵，也是一生无悔的爱恋。

“花谢花飞花满天，红消香断有谁怜？游丝软系飘春榭，落絮轻沾扑绣帘。……一朝春尽红颜老，花落人亡两不知！”在对爱情美好的幻想破灭后，当被暗淡的凄凉、浓烈的忧伤席卷后，内心参透生与死、爱与恨，再多的柔情似水也不堪伤心一片。花亦人，人亦花，春蚕花落，香消玉损，似谶成真。

“机关算尽太聪明，反算了卿卿性命！生前心已碎，死后性空灵。……一场欢喜忽悲辛。叹人世，终难定！”一生悲心，半世悬心，自持聪明，偏爱卖弄，也算聪明反被聪明误了。能言巧舌，坚强于心，也落不了一个末世悲凉的结果，难逃厄运。

情问红楼深几许，繁花散尽总为空。一曲欢歌唱尽世间痴怨，几载春秋荡尽千古忧愁。情皆因缘，缘亦为劫。

“一个是阆苑仙葩，一个是美玉无瑕。若说没奇缘，今生偏又遇着他；若说有奇缘，如何心事终虚化?”一句诗，一种心情；一个人，一段人生。

本书不仅是纯美的红楼诗词赏析读本，更是一部关于红楼女儿悲欢离合、无常命运的人生小传。作者结合书中脍炙人口的众多词作，用小说故事结合抒情美文的形式演绎传奇人生和凄美爱情，于繁华中落花满地，于百媚处柔肠寸断。

# 目录 CONTENTS

# 第一钗

## 泪干春已尽，红消香断

——黛玉的木石前盟

林黛玉这一生都在流泪，而离开人世的那一刻却无泪可流。泪尽香散，管它是劫是缘，都经不得秋流到冬尽。

## 到底意难平

都道是金玉良姻，俺只念木石前盟。

空对着，山中高士晶莹雪；

终不忘，世外仙姝寂寞林。

叹人间，美中不足今方信。

纵然是齐眉举案，到底意难平。

——《终身误》

“金玉良姻”是什么？

“木石前盟”是什么？

说到头，还不都是一场空！

却道是，有情换来无情泪，无情换来有情守。

贾宝玉是整个贾府的宠儿，但同时他也是一个苦情人，他始终恋着林黛玉，可是所有人看重的都是薛宝钗这个集万千优点于一身的女子，她美丽、端庄、才华出众；但是他们看重的并不是薛宝钗的人，而她随身佩戴着的“等日后有玉的方可结为婚姻”的金锁，寓意着“金玉良姻”！

爱情本就是奇妙的东西，有的时候不是你足够优秀，我才会喜欢你，而有些人说不出好在什么地方，但始终会让人魂牵梦绕。林黛玉就是这样一个犹如仙女又孤独寂寞的女子，“俺只念木石前盟”更像是贾宝玉发自内心的悲苦呐喊，薛宝钗就算是再完美无暇，可在贾宝玉的心中却只念着对林黛玉的一片深情。

贾宝玉的心始终在和自己趣味相投的林黛玉身上，郎骑竹马，绕窗弄梅。就算是在梦中的宝玉也会说出“和尚道士的话如何信得？什么是金玉姻缘，我偏说是木石姻缘”。由此可见，在宝玉的心中对林黛玉有着一份至死不渝的爱情，他们的爱情也是真实的，日月可鉴。

在贾府的林黛玉虽然得到了宠爱，然而在家族式婚姻的需求下，她不能和贾宝玉结合。在这段悲剧的爱情中，贾宝玉是悲情的，林黛玉是博人泪水的，然而嫁给贾宝玉的薛宝钗又何尝不是吞下了爱情苦果？虽然她最终和贾宝玉“金玉良姻”成实，然而价值观的不同，导致二人根本无法享受婚姻带来的欢愉，最终贾宝玉出家为僧，一走了之，留下独守空房的薛宝钗。这是贾宝玉、林黛玉和薛宝钗共同的悲剧，也是时代的惨剧。

在这段婚姻中贾宝玉也很痛苦，他在贾府得到了所有的宠爱，但是却无法左右自己的婚姻，甚至连抗争的权力都没有，贾宝玉是一个爱情至上的苦主，而没有爱情的“金玉良姻”是让他无法容忍的，这对他来说是巨大的心灵创伤。贾宝玉无法忘却自己和林妹妹之间铭心刻骨的爱情，几乎所有人都明白他的心意，可是来到他身边的却是宝姐姐，这一切让这个养尊处优的公子哥幻想破灭了，他的世界崩塌了！

那么结局呢？“木石前盟”没有了！“金玉良姻”同样消失了！“四大皆空”却成了最终的结局。

很多人认为高鹗续写的贾宝玉、林黛玉和薛宝钗的爱情悲剧，未必是曹雪芹先生的意思。其实不管由谁来写，三人的爱情悲剧是注定的，这种悲剧已经超越了小说本身，这本就是社会现实的必然性。而从文学的角度来说，这种残缺本就是一种美，只不过凄厉一些罢了！

在《终身误》中，“金玉良姻”象征着封建婚姻，而“木石前盟”则代表着自由恋爱，这些在书中都被画上了癞僧的神符，载入了警幻的仙册。于是无论是贾宝玉和林黛玉的悲剧爱情，还是贾宝玉和薛宝钗的悲剧结合，都成了一种命运的注定！在此之中流露出了一种悲观的宿命论思想，同时也反映了一种无奈的社会现实。在如此的封建社会，尤其是这种宗法家庭之中，想要违背封建秩序和封建礼教，想要影响封建家族的利益，这根本做不到。那种心存共同理想的自由爱情仅仅是最终会幻灭的彩色泡沫，最终三个人以悲剧收场是时代给予的情节。

但是，时代的压迫会强制一个人的身体，可以让反抗归于失败，却无法禁锢一个人的思想，更不会消除惊醒的人，他们的觉悟会支持他们爆发出更为强烈的反抗。没有爱情的“金玉良姻”对贾宝玉来说更像是一道枷锁，锁在他的心上，其心灵巨大的创伤根本无法消除，而其精神上的情侣更不会因为世俗婚姻而消失，他和薛宝钗之间的这种所谓“良姻”已经无法调和，“纵然是齐眉举案，到底意难平”，万念俱灰的贾宝玉选择出家为僧。

有情的不能在一起，而没有感情的人却被硬拉在一起，这种婚姻悲剧在封建时代屡屡上演。无论是平民百姓，还是贵族，即便贾宝玉这样得到万千宠爱的公子哥同样也躲不开这种命运。林黛玉更惨，只能在“花柳繁华地，温柔富贵乡”中独自落泪，她的一生是短暂的，终日以泪洗面，她和贾宝玉之间的爱情更像是一种折磨，她所经历的一切都将她推向了泥沼之中，根本无法拔出来。

《终身误》中能够看出贾宝玉对林黛玉和薛宝钗不同的感情和心意，同时也展露了其对包办的“金玉良姻”的愤恨，或许没有“金玉良姻”，“宝姐姐”还是宝姐姐。这首曲子以贾宝玉的口吻来写，尽情展示了其在婚后每天面对薛宝钗，可是心中依旧怀念林黛玉的痛苦心情，而且也表达了对薛宝钗的同情，薛宝钗虽然赢得了婚姻，可是却失去了整个世界！

《终身误》的思想具有反抗性，其对封建传统观念进行大胆、深刻的批判，对这个时代进行反抗，就像贾宝玉一样。整整一部《红楼梦》更像是一条河流，生活的河流，《终身误》是一个缩影。在这条河流中各种矛盾交织其中，演绎、激化，然后结束。没有人能够成为其中的幸存者，无论贾宝玉、林黛玉还是薛宝钗，他们是宠儿，但也是弃儿，是时代选择了他们，还是他们被迫接受那个时代，已说不清楚！

可就算说清楚了，又能怎样呢？能拂去林妹妹寂寞的泪水，还是能抚慰宝姐姐的独守空房？“林黛玉焚稿断痴情，薛宝钗出闺成大礼”，悲看起来是悲，喜看起来同样是悲！

这本就是一场悲剧！

## 今生偏又遇着他

一个是阆苑仙葩，一个是美玉无瑕。

若说没奇缘，今生偏又遇着他；

若说有奇缘，如何心事终虚化？

一个枉自嗟呀，一个空劳牵挂。

一个是水中月，一个是镜中花。

想眼中能有多少泪珠儿，怎经得秋流到冬，春流到夏！

——《枉凝眉》

林黛玉这一生都在流泪，而离开人世的那一刻却无泪可流，她的“泪尽”以及她的香消玉殒原因很多，但无论如何和贾宝玉与薛宝钗的婚姻有一定的关系，毕竟她的世界里只有贾宝玉，而此时连贾宝玉都和别人在一起了。

林黛玉面对这一切虽忧愤不已，但却无能为力，她为自己的不幸而哭泣。在日夜啼哭中，毫不顾惜自己的身体，终将自己衰弱的生命换成一滴滴的泪水，泪水中饱含着她炽热的感情，但却冰冷不已，而她的泪水也报答了她一生中唯一的知己。

在第二十五回中，王熙凤在众人面前开林黛玉的玩笑，她说："你既吃了我们家的茶，怎么还不给我们家做媳妇?"然后她还指着贾宝玉对林黛玉说："你瞧瞧，人物儿、门第配不上，根基配不上，家私配不上？哪一点还玷辱了谁呢?"听完这些话之后众人都笑了起来，而林黛玉羞红了脸，就连李纨都说："真真我们二婶子的诙谐是好的。"

脂砚斋怎么评价这个细节的描写呢？"二玉之事在贾府上下诸人，即看书人、批书人皆信定一对好夫妻，书中常常每每道及，岂其不然！叹叹!"

我们暂且不要管其他看书的人该去如何思考宝黛二人的婚姻，起码贾府上下所有人都相信这两个人肯定会在一起，会成为一对好夫妻。但是最终的结果却出乎所有人的意料，因为林黛玉需要付出枉自悲愁以及卿卿性命。

林黛玉和贾宝玉都是性格乖张之人，他们是那个时代的叛逆者，他们不会成为任人摆布的木偶人，林黛玉无意中听说"宝二爷娶宝姑娘的事情"，立即就失去了本性；而贾宝玉在失去林黛玉的情况下变得疯癫。在第九十回中，两个人最后一次见面时，“两个人也不问好，也不说话，也不推让，只是对着脸傻笑起来”，就这样各自走开了，以“一个傻笑，一个也傻笑”代替了“一个枉自嗟呀，一个空劳牵挂”。

在林黛玉离开人世的时候，有很多细节上的描写，比如“吐血”、“晕倒”、“喘气”、“发狠”、“回光返照”、“浑身发冷”、“两眼一翻”等，但就是没有再写流泪，反倒是贾宝玉留下了很多泪水。而在书中写道，当林黛玉香消玉殒之后，贾宝玉的病势却一天天好了起来，最终他到灵柩前痛哭一场。在第九十八回写道：“宝玉一到，想起未病之先，来到这里，今日屋在人亡，不禁号啕大哭。想起从前何等亲密，今日死别，怎不更加伤感！……哭得死去活来”，正所谓“病神瑛泪洒相思地”。

因为身世的关系，林黛玉总是带着一定悲情色彩，也正是因为此，她的泪水会“不自惜”，她是贾宝玉的知己，“绛珠之泪，至死不干，万苦不怨”，她来到这个世界上就是为了偿还这眼泪的债，而贾宝玉同样一生都忘不了这个唯一的知己，林黛玉的眼泪至死不干，和本曲有所结合，袭人曾经劝解林黛玉说：“姑娘快休如此，将来只怕比这个更奇怪的笑话儿还有呢。若为他这种行止，你多心伤感，只怕你伤感不了呢。”可林黛玉怎么可能停止落泪呢？

这首曲子本身就带着悲愁之感，从贾宝玉和林黛玉的爱情出现变故，直到最后的破灭，然后写到林黛玉泪尽至死，整首曲子衬托出一种陡然的悲愁犹如寒潮涌来，让人阵阵战栗。

整部《红楼梦》似乎就是在诉说着“满纸荒唐言，一把辛酸泪”。枉凝眉，枉凝眉，皱着眉头又有什么用呢？命运本来就是无情的，绝对不会因为你的眼泪或者你的一声叹息而有任何的改变。造化弄人，命运总之是无情物。

在《红楼梦》中那一僧一道对顽石做的评价大有深意，“美中不足，好事多磨”，在这里似乎就预示着林黛玉和贾宝玉之间爱情最终的幻灭。一个本来是绝代佳人、一个是翩翩潇洒的公子；一个是饱读诗书的奇女子、一个是博学多才的少年郎；一个淡泊了利益、一个看透了仕途……在他们的世界里，一个整天为他哭泣和叹息，一个则整天为她牵肠挂肚，他们是重塑的泥人，你中有我，我中有你，但是在荣国府这样的贵族牢笼中，他们的自由恋爱面对的是重重压力，他们不得不因为种种利益而被抛弃，虽然他们曾经是宠儿，但在关键时刻，这种宠儿是可以被牺牲的！《西厢记》中的张君瑞尚且可以和崔莺莺跳过粉墙而约会，杜丽娘也尚且可以和柳梦梅在梦中喜结连理，可是林黛玉和贾宝玉这两个几乎每天都可以见面的人，却最终因为命运而成了最熟悉的陌生人。

本来，在那个时代封建道德观念就是贵族家庭的天条，没有任何人可以违逆，因此制约了人们的所有天性，林黛玉是一个多愁善感的女子，她就像是寒风中的一棵小草，在“寒风凛冽”中其逐渐枯萎。林黛玉和贾宝玉的恋爱过程是痛苦的，甚至是积怨的，同时到最后也幻化成了一种虚无，他们是时代的弄潮儿，但同时命运也狠狠地捉弄了他们，他们交出的是泪和血的考卷。在这段爱情故事中，林黛玉流泪了，贾宝玉流泪了，曹雪芹流泪了，几百年之后的笔者写到这里，也流泪了！

不为什么，只为这样一个女子。

# 在自己的世界开放

花谢花飞花满天，红消香断有谁怜？

游丝软系飘春榭，落絮轻沾扑绣帘。

闺中女儿惜春暮，愁绪满怀无处诉，

手把花锄出绣帘，忍踏落花来复去。

柳丝榆荚自芳菲，不管桃飘与李飞。

桃李明年能再发，明年闺中知有谁？

三月香巢已垒成，梁间燕子太无情！

明年花发虽可啄，却不道人去梁空巢也倾。

一年三百六十日，风刀霜剑严相逼，

明媚鲜妍能几时，一朝飘泊难寻觅。

花开易见落难寻，阶前闷杀葬花人，

独把花锄偷洒泪，洒上空枝见血痕。

杜鹃无语正黄昏，荷锄归去掩重门。

青灯照壁人初睡，冷雨敲窗被未温。
怪侬底事倍伤神，半为怜春半恼春。
怜春忽至恼忽去，至又无言去不闻。
昨宵庭外悲歌发，知是花魂与鸟魂？
花魂鸟魂总难留，鸟自无言花自羞。
愿侬此日生双翼，随花飞到天尽头。
天尽头，何处有香丘？
未若锦囊收艳骨，一抔净土掩风流。
质本洁来还洁去，强于污淖陷渠沟。
尔今死去侬收葬，未卜侬身何日丧？
侬今葬花人笑痴，他年葬侬知是谁？
试看春残花渐落，便是红颜老死时。
一朝春尽红颜老，花落人亡两不知！

——《葬花吟》

林黛玉在《红楼梦》中吟诵出《葬花吟》，葬的是花，还是她的一段期望？

《葬花吟》在风格上效仿了初唐体的歌行体，名义上写的是花，实际上是写人。在这首诗中饱含着泪水，通过一段丰富而带有奇特的想象，描绘出了一幅暗淡而又凄凉的画面，带有浓烈的忧伤情调。而林妹妹多愁善感的性格在诗歌中全然展现了出来，同时我们还可以窥得她矛盾的内心，已经不断挣扎的细微变化，她的这种心理变化展现了她的生与死，以及爱恨情仇。而在这种复杂的内心斗争中也能看到她对生命的迷茫，以及对自身存在感的焦虑。

在《葬花吟》中，花就是人，人就是花，花和人的命运紧紧联系在一起，似乎在对自然界因为摧残了这些花朵而进行控诉，实际上是在写扼杀人的黑暗势力。在《葬花吟》中林黛玉悲惨的遭遇和命运通过描写葬花展现出来，她的思想和感情融会于景物之中，而这种意境魅力显得非常生动鲜明。这首诗是林黛玉命运的写照，在语言上似乎在哭泣，每个字都带着悲音，可以说是字字血泪，所有的字都是发自肺腑，将林黛玉这个可怜的悲情人物的身世遭遇刻画得入木三分。

林黛玉始终幻想着自由的幸福，和属于自己的爱情，她不愿意服输，也不愿意低头，虽然给所有人的感觉她是一个病怏怏的女子，但其实她内心的坚强只有她自己知道。她是坚强的，甚至说是倔强的、骄傲的。

而通过这首诗我们也似乎看到了宝玉和黛玉的爱情悲剧，曹雪芹用心良苦，在甲戌本上脂砚斋的批语上讲道："余读《葬花吟》至再，至三四，其凄楚感慨令人身世两忘，举笔再四，不能下批。有客曰：'先生身非宝玉，何能下笔？即字字双圈，批词通仙，料难遂颦儿之意，俟看宝玉之后文再批。'噫嘻！阻余者想亦《石头记》来的，故停笔以待。"

作者在这段批语中讲道，没有看过“宝玉之后文”是无法对此尽心评价的，所以评书人只能停下来，然后等待和这首诗有关的后文。而所谓的“后文”其实就是，后面写到林黛玉香消玉殒的文字。如果这首诗仅仅是以“落花”这种形象象征着红颜薄命，那就用不着等待后文了。而诗歌中蕴含着太多的意义，这些都和之后林黛玉的离开有着千丝万缕的联系，所以只有在看完后文之后，再回过头来评价这首诗。而《葬花吟》本就是林黛玉为自己作的诗谶。

林黛玉是这样一个柔情似水的女子，她可以为落花缝制锦囊，可以将落花埋入香冢，而在此过程中她依旧要悲伤，痛哭流泪，甚至还要在这个时候作诗。看似荒唐的举动中，实则透露着这个女子对现实的抗争，她的这种行为也只有她唯一的知己——贾宝玉能够理解，这种事情也只有发生在他们的身上才能够被人们所接受。

《题红楼梦》中有这样的绝句：“伤心一首葬花词，似谶成真自不如。安得返魂香一缕，起卿沉痼续红丝？”

似谶成真！

犹如《题红楼梦》中所说的一样，谁不想有能够让人起死回生的“返魂香”，从而救活林黛玉，让她和她的宝哥哥能够终成眷属，让这已经断掉的月老红线能够再连接起来？

“侬今葬花人笑痴，他年葬侬知是谁？”在书中多次提到，甚至通过鹦鹉将此说出，通过这些看出林黛玉离开人世的时候，的确是在春残花落的时候，再通过“他年葬侬知是谁”、“红消香断有谁怜”、“一朝漂泊难寻觅”等诗句，可以看到林黛玉最终的香消玉殒是肯定的，而且是极其悲惨的。看过《红楼梦》的都知道，在她即将要离开人世的时候，大家都在操办着贾宝玉的喜事，谁还会顾及这个柔弱的女子？

“三月香巢已垒成，梁间燕子太无情。明年花发虽可啄，却不道人去梁空巢也倾。”通过这几句可以看到，贾宝玉的婚事基本是定下来了，也就是诗歌中的“香巢已垒成”，可是到了秋天，这一切发生了变故，梁间的燕子都无情地飞走了，宝玉也被迫离开了自己的家，所以林黛玉开始悲叹，悲叹“花魂鸟魂总难留”，她渴望自己能够“肋下生双翼”，从而能够随宝玉而去，而日夜啼哭的林黛玉，最终“泪尽证前缘”！

“花落人亡两不知”，看起来“花落”就是林黛玉了，而“人亡（流亡）”应该指的是贾宝玉。贾宝玉每次遭“丑祸”，必然会有一个人出来倒霉，先有金钏、晴雯，现在轮到林黛玉了。“质本洁来还洁去，强于污淖陷渠沟”，可以看出该种意味。

等到再一年的秋天贾宝玉回到贾府，此时的怡红院已经不是当年的光景，潇湘馆也是“落叶萧萧，寒烟漠漠”的凄凉景象，而黛玉的闺房和宝玉的绛芸轩同样是“蛛丝儿结满雕梁”。

林黛玉就像是一朵娇羞的花朵，悄悄地在自己的世界开放，而又不得不经受暴风骤雨的摧残，这种折磨和摧残只能让她尽早地离开这个世界。

每一个后来的读者都无法忽视《葬花吟》中显示的消极颓丧情绪，这种情绪和林黛玉本身的思想性格、环境地位完全相同，所有的读者开始同情林黛玉，同时也从这个多愁善感的贵族小姐身上看到了其思想脆弱的一面，这本来就是她最致命的伤！

或许，我们此时可以将《葬花吟》和十二钗，甚至其他女子联系起来，会发现这根本就不是林黛玉一个人的诗谶，它是整个大观园中女子们的诗谶，虽然她们的境遇不尽相同，但是最终她们在贾府的败落中，终究全部陷于污淖、沟渠之中，哪里还有什么好命运在等待她们？

## 最是那泪眼易干

桃花帘外东风软，桃花帘内晨妆懒。
帘外桃花帘内人，人与桃花隔不远。
东风有意揭帘栊，花欲窥人帘不卷。
桃花帘外开仍旧，帘中人比桃花瘦。
花解怜人花也愁，隔帘消息风吹透。
风透湘帘花满庭，庭前春色倍伤情。
闲苔院落门空掩，斜日栏杆人自凭。
凭栏人向东风泣，茜裙偷傍桃花立。
桃花桃叶乱纷纷，花绽新红叶凝碧。
雾裹烟封一万株，烘楼照壁红模糊。
天机烧破鸳鸯锦，春酣欲醒移珊枕。
侍女金盆进水来，香泉影蘸胭脂冷。

胭脂鲜艳何相类，花之颜色人之泪；
若将人泪比桃花，泪自长流花自媚。
泪眼观花泪易干，泪干春尽花憔悴。
憔悴花遮憔悴人，花飞人倦易黄昏。
一声杜宇春归尽，寂寞帘栊空泪痕！

——《桃花行》

林黛玉总是一个顾“花”自怜的女子，《葬花吟》如此，《桃花行》同样如此。当贾宝玉看到这首诗的时候，竟然“并不称赞，却滚下泪来，便知出自黛玉”，当宝琴让他猜是谁作的时候，他随口就答出：“自然是潇湘子稿。”宝琴尚且与其开玩笑说是自己而作，显然宝玉对此根本不相信，他说：“这声调口气，迥乎不像蘅芜之体。”随后宝琴用杜工部诗风格多样来证明自己是可以写出这样的诗歌的，但是贾宝玉却笑着说：“固然如此说，但我知道姐姐断不许妹妹有此伤悼语句，妹妹虽有此才，是断不肯作的。比不得林妹妹曾经离丧，作此哀音。”

通过这段故事我们一方面可以看出贾宝玉的确是林黛玉的知音，而另外一方面也可以看出林黛玉在贾宝玉的眼中已经成为一个顾“花”自怜的代表，这种伤悼语句也只有林妹妹才能够做得出来。

《桃花行》的确处处充满着哀音，宝玉对此之所以没有赞赏，是因为其已经领会到了其中的哀音，在这种思想感情之下，就算是再优秀的诗歌，又怎么能够让人称赞呢？这首诗出现在《红楼梦》的第七十回，此时贾府即将要败亡，而林黛玉也即将要香消玉殒，“泪眼观花泪易干，泪干春尽花憔悴”就是对这一事实的预言，然后众位女子们即将要面对不可能改变的命运，她们各自以憔悴面对惨淡的人生。

林黛玉是一个具有叛逆性格的女子，而她因为种种原因只能寄宿在“钟鸣鼎食之家”、“诗礼簪缨之族”，面对着这样的环境，她又怎么可能不产生悲伤和压抑的感情呢？《桃花行》就是通过形象的语言、深沉的感情，将林黛玉内心的痛楚展露无遗。桃花是灿烂的，但人却是寂寞和孤单的，两者进行对比，更显现出人的孤寂，从这种烘托中塑造了一个满怀怨恨和忧愁的贵族女子形象。林黛玉借助花抒发了自己内心深处的无限感慨。“泪眼观花泪易干，泪干春尽花憔悴”本就是用来写自己的句子。

而因为贾宝玉和林黛玉之间有相同的叛逆思想，所以贾宝玉可以断定这首诗是潇湘妃子所作，因为他能够看出这首诗中林黛玉的苦闷，他也会对林黛玉过着的这种令人窒息的生活报以同情。而在这首诗中贾宝玉还能够看出柔弱的林黛玉骨子里渴望冲破束缚的倔强，只可惜她的力量终究有限，她无力撕破这层层罗网，而在这种情况下她又生出了更多的无可奈何，难道这些还不值得读者同情吗？

《桃花行》将命薄如桃花的林黛玉的香消玉殒做了非常清楚的写照，曹雪芹是睿智的，他在写作上很有分寸，他将这种暗示和象征写得隐隐约约，似乎能够感受到，又似乎看不到，让几百年之后的人们在看到这样的描写时能够浮想出一个美人的逝去，能够给予足够的同情，却不至于让人悲伤哭泣！

显然在《桃花行》中表达出来的感情，要远远浓于《葬花吟》，似乎给人感觉其中永远跳跃着一个灵魂，这或许就是这首诗所独特的艺术感染力，而这也或许就是林黛玉的个性。

一个这样的美人，面对封建势力的重压，寄人篱下，整日浸泡在悲愁的泪水之中，虽然对于爱情的理念越来越有信心，但是命运根本没有给她绘制蓝图的机会，她的一片慧心只能一次次接受现实的洗礼。此时，当她面对大好的春光和茂盛的桃花，她的心事被触发了，如此的情景交融，林黛玉借助桃花表达了自己渴望冲破牢笼、享受春光的浓烈愿望，同时也将这种令人窒息的生活环境带给自己的沉重伤害展露出来。所以，当贾宝玉看到这首诗之后立即断定是出自林黛玉之手，他知道诗歌中的语调全部都是林妹妹的，也只有林妹妹能够写出这样的哀音！

林黛玉的生活中少不了爱情和诗歌，而她所追求的爱情也是将这两者结合，是充满诗意的爱情，不经过任何世俗的洗礼，在她的诗歌中将对贾宝玉的爱进行升华，而这些同时也能够对自己的心灵进行慰藉。《葬花吟》是这样，《桃花行》又何尝不是？只不过

《葬花吟》的伤春是伤而且痛苦的，《桃花行》的伤春是忧伤的；《葬花吟》带着激昂的情绪，而在《桃花行》中则显得平静很多。这个时候的林黛玉已经不是第二十七回葬花时的那个林黛玉了，当时的林妹妹追求却不知道结果，所以她感觉到前路荆棘重重，但现在她已经得到了自己要得到的，而也失去了自己不想失去的，此时她的努力已经不能左右自己的命运，她所能做的就是等待，在泪水中等待下一次痛苦的理由！

《葬花吟》空枝见血，《桃花行》泪眼易干。

当年的葬花人是个浪漫的、渴望生出双翼自由翱翔的妍质风流人物，现在的行歌者花容已去，满脸憔悴。贾宝玉看完诗歌之后的泪水自然就可以理解了，因为他知道林黛玉所处的环境，也知道她的心境。

而贾宝玉的泪水没有让其他人看到，只是悄悄擦去，其实这就是此时他们之间关系的写照，他们已经懂得用心灵沟通了，语言显得多余。

林黛玉写出《桃花行》不久，贾政就要回来了，而风闻此消息的大观园乱作一团，本来应该由林黛玉发起的桃花社，也因为这件事情而耽搁，因为贾政回来之后必然要过问贾宝玉的功课，单就书法临摹就能让贾宝玉头疼至极，在探春、薛宝钗每天的帮助下，以及贾宝玉自己的努力下，到 3 月下旬的时候凑了一些，但还是有所欠缺，此时正好紫鹃前来，她送了一卷东西给贾宝玉，

“拆开看时，却是一色老油竹纸上临的钟、王蝇头小楷，字迹且与自己十分相似”。

看，在贾宝玉最为焦急的时候，还是林黛玉出现解了他的燃眉之急，而她的帮助不但毫不声张，且连字体都和贾宝玉的完全相似，可见二人的感情已经到了什么地步。笔者在第一遍看《红楼梦》的时候，年龄尚小，且不明白其中的感情，而等到长大一点再次看到这段描写时，恍然大悟，原来两个人的感情便是如此。

## 芳香凋零

粉堕百花洲，香残燕子楼。一团团逐队成毬。飘泊亦如人命薄，空缱绻，说风流。

草木也知愁，韶华竟白头。叹今生谁舍谁收？嫁与东风春不管，凭尔去，忍淹留。

——《唐多令》

柳树是什么？

在中国古代的诗词中，她永远是那么精致，“碧玉妆成一树高，万条垂下绿丝绦，不知细叶谁裁出，二月春风似剪刀”。可是在很多时候，提起柳树，当枝条飘舞、柳絮满天飞的时候，总是能够触动人们内心深处的苦涩，这种小情绪无法让人平静，自然也没法子让人忘却。

“今宵酒醒何处，杨柳岸晓风残月。”

“昔我往矣，杨柳依依。今我来思，雨雪霏霏。”

“忽见陌头杨柳色，悔教夫婿觅封侯。”

一句句悲伤的句子，总能够将人带进愁苦的情绪之中。那个时候交通不方便，人们的活动范围也有限，就算是生离也犹如死别一般，似乎下一次见面的日子遥遥无期，所以古时候的人认为“黯然销魂者，唯别而已矣”，他们也愿意在和好友分别时折断一根柳条插在他的肩膀上，从而寄托自己的祝福。这种习惯慢慢成了一种习俗，柳树也就成了送别和离愁的代名词。就连浪漫的李白笔下也会有“此夜曲中闻折柳，何人不起故园情”的句子，而此也勾起了人们思乡的情绪。“诗佛”王维也说：“渭城朝雨浥轻尘，客舍青青柳色新。劝君更尽一杯酒，西出阳关无故人。”翠绿色的柳树又一次成为离别情绪的代表，被折断的柳条已经见惯了离别，而漫天飞舞的柳絮似乎在不断诉说着离别者的悲戚！

曹雪芹的一生是坎坷的，所以在他的《红楼梦》中同样不乏柳树的描写，不乏关于柳树的诗歌。而其笔下才华横溢的林黛玉所作的《唐多令》就是其中的代表作。

人们会在春天的时候在百花洲祭祀百花仙子，每年的百花节逐渐成为盛大的节日，人们会在这里献上五彩缤纷的植物，同时也会吟诗作赋，把酒诉说。

唐代的张建封金屋藏娇将爱妾关盼盼藏于燕子楼，两人浓情密意，而张建封过世之后，关盼盼终日以泪洗面，追思恋人，最后无以诉说自己的悲苦，自尽于燕子楼。

百花洲是花残的地方，燕子楼则是人亡的地方，无论哪里都带着一种干枯的忧伤。

在林黛玉的句子中，花粉在百花洲坠落，芳香在燕子楼凋零，将暮春时期柳絮的飘零和这两个地方特有的哀伤气氛融和，读来让人体味到淡淡的消逝伤感！

林黛玉是感情细腻的，同时也是蕙质兰心的。在她的诗歌中总是将比喻和拟人用到了极致，凡是在对自然事物的哀伤之中，总能够将自己飘零的身世寓于其中，引起后来者的一声悲叹！这首诗歌中同样展露了这种感情。

“一团团逐队成毬，飘泊亦如人命薄”，柳絮在风中飞舞，这本是常见的暮春时期的景色，但是这些却让这个娇滴滴的林妹妹起了怜惜之情，绵延不断的春风中，抱团飘落的柳絮是那么孤苦无依，也是那么渺小，它们没有任何依靠，就好比是薄命的红颜。

林黛玉咏的是柳絮，实则表达着自己的感伤。

林黛玉有着显赫的家世，自己原本也是天生丽质、冰雪聪明，甚至有“心较比干多一窍”的评价。当她第一次见到贾宝玉的时候就起了萌动之心，温顺多情的林黛玉有如此的敏感显然很合适。可是从小丧母，让年幼的林黛玉失去了完整家庭的呵护和温馨，所以她逐渐有了消极的情绪，之后在本应该是她人生最美妙的时候，父亲也离开了人世，家道中落，再加上她天生体弱多病，终日和药丸为伍，慢慢地对天气、饮食、生活环境等都有了敏感之心，命运让她过早地接触了生命的残忍。

林黛玉刚来到大观园的时候，处处小心，仔细观察和揣摩着每个人的气质以及地位，仔细判断每一段对话，渴盼能够在这个大观园中求得一处安身之地。她的小心翼翼让人感到心酸，本身就柔弱多病，之后父母双亡，现在又不得不寄人篱下，所以在面对其他人张扬个性的时候，她只是悄悄地躲在自己的潇湘馆之中，守着自己的一方静土。她无法安慰自己多病的身体，但是她看到柳絮飞、花落会感到莫名的忧伤。在面对贾宝玉的关爱时，她一方面渴盼这种感情的出现，一方面又要压抑自己的好感和期待，慢慢地贾宝玉成了她心中唯一能够依靠和依赖的人。但是命运又一次和她开了玩笑，“金玉良姻”让她心中唯一的依赖也倒塌了，希望从此破灭。

这里对柳絮的描写，何尝不是对林黛玉自身命运的吟叹！就像她不喜欢春天的饮酒和唱戏，却独独喜欢树下的落花，她会亲自拖着花铲将这些落花下葬，她可以理解那种自生自灭的痛苦，她在落花上看到了自己，当然她也希望有个人能像自己葬花一样，来安慰自己。

# 第二钗

## 日日复年年，早已黄花

——宝钗的惜时伤春

薛宝钗端庄娴雅却愤世嫉俗，在她冰冷的外表下，也藏着一颗炽热的心。悲难逃，谁人怜，任他随聚随分，终不改。

## 谁记得昨日风华

怅望西风抱闷思，蓼红苇白断肠时。

空篱旧圃秋无迹，冷月清霜梦有知。

念念心随归雁远，寥寥坐听晚砧痴。

谁怜我为黄花瘦，慰语重阳会有期。

——《忆菊》

当探春看到这首诗时说："到底要算蘅芜君沉着，'秋无迹'、'梦有知'，把个'忆'字烘染出来了。"

很明显这里的菊花被拟人化了，所谓的忆菊是在忆人，在这首诗中也预示了之后薛宝钗独居时的"闷思"、"断肠"的凄凉情绪。我们不妨大胆猜测一下她所谓的"忆人"，应该就是贾宝玉了，薛宝钗同样善于通过诗歌这种朦胧的感觉展现自己的情绪。

张评曰："居然思妇。"

洪秋蕃评："谓称心佳婿唯怡红白玉，惜为绛珠所订，令人怅望闷思而肠断。"

护花主人评："菊诗十二首与《红楼梦》曲遥遥相照，俱有各人身份。"

通过这些评价可以看出，这首诗的确暗示着之后薛宝钗的青春守寡，虽然她得到了所谓的"金玉良姻"，但是她却失去了整个人生，她是悲剧最终的承受者。而且在这首诗中还蕴含着曹雪芹对自己人生的回顾和感慨。曹雪芹在出生之前，他们家就已经中落，曹雪芹家曾经四次负责皇帝南巡，所以亏空很大，关于这一点，曹雪芹在《红楼梦》的第十六回做了铺垫，我们不妨来看这段描写："凤姐笑道：'可恨我小几岁年纪，若早生二三十年，如今这些老人家也不薄我没见世面了。说起当年太祖皇帝仿舜巡的故事，比一部书还热闹，我偏没造化赶上。'赵嬷嬷道：'……那时候我才记事儿，咱们贾府正在姑苏扬州一带监造海舫，修理海塘，只预备接驾一次，把银子都花的淌海水似的！说起来……'凤姐忙接道：'我们王府也预备过一次……'赵嬷嬷道：'还有如今现在江南的甄家，嗳哟哟，好势派！独他家接驾四次，若不是我们亲眼看见，告诉谁谁也不信的。别讲银子成了土泥，凭是世上所有的，没有不是堆山塞海的，罪过可惜四个字竟顾不得了。'"

而几乎是在同时，曹寅的妻舅苏州织造李煦亏空案发，曹寅自然也受到了牵连，而曹家向来和康熙的第九子胤禟交好，等其在争夺皇位败给胤禛，胤禛成为雍正皇帝之后，曹家自然受到了排挤，这些事情导致了曹家的中落，甚至被抄家。曹家本来是一个荣华富贵的大族，谁知道几年间就落破了，这也让年幼的曹雪芹亲身经历了太多的“离合悲欢，炎凉世态”。

《桦叶述闻》中就记载着：“其曾祖寅……为织造时，雪芹随任，故繁华声色，阅历者深，然竟坎懔半生以死。”

前后如此大的差距对曹雪芹有着很深刻的影响，后来他经常会在酒肆中讲述曹家当年的繁华，而讲到伤心的地方他还会恸哭落泪。作为曹雪芹的好友敦敏曾经写过一首诗，其中有这样两句：“燕市哭歌悲遇合，秦淮风月忆繁华。”这就是在描述曹雪芹高谈阔论的情景，而这种失落中的悲愤贯穿了曹雪芹的一生，也展露在这首《忆菊》之中，通过薛宝钗的诗将自己的感情抒发出来。

《忆菊》作为十二题之首，也反映出曹雪芹对以往繁华生活的追忆，以及对这种繁华逝去的惆怅，就比如在“怅望西风抱闷思”中就充满着浓浓的忧思，为什么其要用这句诗来统领全诗呢？很明显这是对薛宝钗命运的昭示，同时此句还有其他的寄托。在咏菊诗中出现“西风”是非常常见的，但是在这一组“忆菊”诗中唯有薛宝钗的这首用了这个意象，我们可以想象作者对这个词的应用是有所避讳的。曹家在北京最早的一处房宅位于内城东南角的贡院附近，宅子中有一个地方叫作“西堂”，之后曹寅到南方之后也设有“西堂”，这本是贵族官僚们在命名家宅时的一种常见做法，之后就发生了曹家被查抄的事情，他们家也从南京搬到了北京，曹雪芹在创作《红楼梦》的时候，他的长辈曹頫尚且在世，所以《脂砚斋》在评书中的“后一带花园子里”时说：“‘后’何不直用‘西’？恐先生堕泪，故不敢用‘西’字。”在这里的先生指的就是曹頫，恐怕曹頫看到“西”字会联想到南京织造府的“西堂”和“西池”，所以几乎在全书中曹雪芹都很忌讳用“西”字。

在“忆菊”这一组诗中，曹雪芹同样忌讳用“西”字，怕的就是老父伤心，但是在这里“西”字又不得不提，所以其将这个字放在这个位置上，西风本来和故宅之间没有任何的联系，料想长辈不会因此而伤心，而其又借助西风说西堂，巧妙地放在首句，不露声色地抒发了自己忆昔伤今的情愫。

之后的“空篱旧圃秋无迹”、“念念心随归雁远”都是在追思往事，从而抒发自己的感伤情绪，比如“篱”、“圃”都是在指曹家还没有破败之前的金陵故宅。大雁在秋天的时候应该南飞，南面则是金陵，通过“心随雁远”几个字，作者怀念的感情跃然纸上。

“谁怜我为黄花病，慰语重阳会有期”，更是让人感到惆怅，人的青春已经逝去，繁华也无法回来。“会有期”和“知再会”是完全不同的意味，前者在面对绝望的时候，还是要给自己找一些期盼，尽管黄花只能存在于梦中，在现实中根本找不到踪影，但是诗人还是愿意以此来安慰自己，或许连自己都无法相信这喃喃之音。期盼不小，而期望值又不敢太高，这就是凄凉！我们不难看出曹雪芹晚境和薛宝钗是何其相似，他们的人生正好错过了喜剧的开幕，却不得不面对悲剧的结局。他们失去了属于自己的依靠，只能在孤苦和寂寞中度过自己的一生，他们最为快乐的事情就是追忆，追忆风中的自己和过去的年华。

## 青春终要散场

朝罢谁携两袖烟？琴边衾里两无缘。

晓筹不用鸡人报，五夜无烦侍女添。

焦首朝朝还暮暮，煎心日日复年年。

光阴荏苒须当惜，风雨阴晴任变迁。

谜底：更香

——《灯谜》

这首出自薛宝钗的灯谜，在字里行间中，我们可以看到薛宝钗的结局。她的丈夫贾宝玉出家为僧，从此她过上了孤苦伶仃、终生仇恨的孀居生活。

后来续书者将这首灯谜写给了林黛玉，说是林黛玉所作，大概是因为薛宝钗和贾宝玉成了亲，就不再应该是“琴边衾里总无缘”，而这些放到林黛玉的身上会更合适。但是作者的本意是想表达“金玉成空”。林黛玉本就是一个多愁善感、疾病缠身的人，所以这首诗也基本贴切，英年早逝的林黛玉应该珍惜自己的青春，这可以和“光阴荏苒须当惜”形成对应，而“风雨阴晴任变迁”也展现了生活的变故，这些都勉强能够和林黛玉的身世结合起来。毕竟原稿的后半部分丢失，而续书人未必能有曹雪芹的才情，所以将这首诗写成是林黛玉的作品尚且可以理解，同时也是符合后来者的心意的。但是读过几遍《红楼梦》之后，就会知道这根本不应该是林黛玉所作，而薛宝钗在她人生中也没有得到任何安慰，至于续书中写到的薛宝钗喜得贵子、振兴家业等都是续书者一厢情愿的情景描写！

这首《灯谜》的谜底是更香，更香是一种用来计时的香，夜间打更报时者都是燃此香用来定时，有的是一支为一更，有的则是在香上面做好记号从而定更数。

我们看看这首诗是如何一句句解开这个谜底，从而将薛宝钗之后的身世预示于其中的。

“朝罢谁携两袖烟”借用的是大诗人杜甫《和贾至早朝大明宫》中的“朝罢香烟携满袖”，早朝回来的时候，衣袖上尚且有宫中炉香的味道，在这首灯谜之中稍微做了一些改动，而“两袖烟”实在是将谜底的“香”字隐藏其中，同时也将“两袖烟”和两袖风、两手空空进行结合，对杜甫诗歌的翻新，从而表达出荣华之后一无所得。

“琴边衾里总无缘”是承上启下的句子，要知道香有很多种，出自于琴、棋、书、画的是鼎炉之香，出自被褥、衣服的是熏炉、熏笼的香，但是和这些都“无缘”，“琴边衾里”表达的是一种夫妻关系，晚上的时候能够同寝，白天则能够一起弹琴和乐。

“晓筹不用鸡人报”从正面说了更香的特点。宫中是从来不养鸡的，而在晚上有不睡觉的专职卫士头戴“绛帻”守候在宫门之外，到了鸡叫的时候向宫中报晓。“诗佛”王维的《和贾至早朝大明宫》中也有一句“绛帻鸡人报晓筹”，该诗中进行翻新，从而来说用来计时的更香，可谓是匠心独具。

“五夜无烦侍女添”，在五更天的时候，用不着侍女爬起来去添，更香不比其他的香料，其只要点燃就可以，无须再次添加，这句诗也借用了唐朝人李颀《送司勋卢员外》中的“侍女新添五夜香”。而接连这两句诗也都是在说人因为种种愁绪而无法睡去，以至于通宵失眠。

“焦首朝朝还暮暮”，香料是从头上点燃的，所以用了焦首，其实也是在比喻人的苦恼，就像俗语中经常说的“焦头烂额”一样。

“煎心日日复年年”，盘香都是从外面往里面烧，所以说是“煎心”，同时也是在说明人的心在经受着煎熬！

“光阴荏苒须当惜，风雨阴晴任变迁”，虽然更香和天气的阴晴没有关系，但是其会随着时间的消逝，不断消耗自己。而随着时间的过去，红颜也将会老去，青春同样值得珍惜。世事不断变幻，但是薛宝钗或者说曹雪芹内心却是一片苍凉，心灰意冷的她只能是听之任之了。

薛宝钗的很多诗歌基本上都是在大观园诗社活动的时候作的，而这些诗歌本身就带有应时性，如果说林黛玉的诗风是风流别致，而宝钗的诗歌显得更加雍容浑厚，其提出诗歌创作需要各抒己见，“要命意新奇，别开生面”。在整部《红楼梦》中几乎没有出现过薛宝钗像林黛玉一样有感而发的创作诗词，或许这一点上也能够看出二人在性格上的差异性，林黛玉是一个多愁善感的性情中人，而薛宝钗更像是冷静和理智的“高士”，且平常生活中的薛宝钗“不以书字为事，只留心针黹家计等事”，其还认为“女子无才便是德，总以贞静为主，女工还是第二种。其余诗词，不过是闺中游戏，原可以会，可以不会。咱们这样人家的姑娘，倒不要这样才华的名誉”，这些在第六十四回都有明确指出，她最先反对香菱学诗，之后史湘云和林黛玉热衷于教香菱写诗，在第四十九回中，其对此评价说：“我实在聒噪得受不得了。一个女孩儿家，只管拿着诗作正经事讲起来，叫有学问的人听了，反笑话说不守本分的。”通过这些都可以看出在薛宝钗的脑子中残存着封建正统思想，甚至说其被这种思想所桎梏，这些也对其才华的发挥有了一定的限制。

在大观园中，薛宝钗是可以称为“艳冠群芳”的，她是这样的一个美人，在贵族家庭中接受了非常好的教育，有良好的教养，同时其在这里培养了深厚的文化修养，她对文学、艺术、历史、医学以及诸子百家都有涉猎，且造诣颇深，这些就连林黛玉也无法企及，更不要说其他人。而曹雪芹本人的一些在艺术方面的精辟之处，也全都通过薛宝钗的人物塑造来表述出来。

## 清明难寻

桂霭桐阴坐举觞，长安涎口盼重阳。

眼前道路无经纬，皮里春秋空黑黄。

酒未涤腥还用菊，性防积冷定须姜。

于今落釜成何益，月浦空馀禾黍香。

——《食螃蟹咏》

在“林潇湘魁夺菊花诗，薛蘅芜讽和螃蟹咏”一回中可以看到大观园中其乐融融的景象，大家一起吟诗作对的确是一件美事。既然有诗，必然就会有优劣，于是林黛玉的咏菊诗成为该题目的头名，而薛宝钗的这首咏蟹诗也是独当一面。这首诗贵在寓意较深，尖锐地讽刺了贪图功名利禄的人。

比起林黛玉诗中表达的其对螃蟹鲜美的偏好，薛宝钗的《食螃蟹咏》显得更有内涵一些，在这首诗中其尖锐讽刺了以贾雨村为代表的贪婪者，之后贾宝玉以及其他姐妹也是将这首诗看作是“食螃蟹”的绝唱。

虽然薛宝钗也同样看重经济、看重仕途，但是她和贾雨村等人有着截然不同的态度。在《红楼梦》中，多处展露了薛宝钗对贾雨村等人的痛恨，在全书中除了贾宝玉之外，也只有薛宝钗对他们进行了讽刺。

我们不妨先看看第三十二回，在这一回中讲到贾雨村升任“兴隆街大爷”，于是来见贾政，表面是来做客，实际上就是为了讨好贾政，当薛宝钗听说这件事情之后，于是开口讽刺道：“这个客也没意思，这么热天，不在家里凉快，还跑些什么!”

再来看第四十二回，薛宝钗向林黛玉说：“男人们读书明理，辅国治民，这便好了。只是如今并不听见有这样的人，读了书倒更坏了。这是书误了他，可惜他也把书糟蹋了，所以竟不如耕种买卖，倒没有什么大害处。”在薛宝钗这样一个精明女子的眼中，像贾雨村这些读书做官的男子，读书不能明事理，做官不能辅政为民，“竟不如耕种买卖，倒没有什么大害处”，在她的眼中这些人是祸国殃民的。

在薛宝钗的诗歌中，她也劝贾宝玉能够认真读书，从而进入仕途，掌握权力之后来惩治这些“禄蠹”，从“酒未敌腥还用菊，性防积冷定须姜”就可以看出，将菊这种高洁之物和姜这种辛辣之物结合在一起，将这两种性格结合在一个人身上，才能够惩治贪官污吏，从而还这个世界一个清明和太平，所以当贾宝玉看到这首诗之后，也不得不感叹，大呼“痛快”，说：“骂得痛快！我的诗也该烧了。”

虽然林黛玉的遭遇值得几百年之后的笔者同情，但是薛宝钗也并不是一个凡俗女子，她在性格方面同样具有倔强的一面，只不过她因为在和林黛玉的比较之中，让人更加同情林妹妹罢了！

比如在第二十二回中，薛宝钗就因为自己的《更香谜》让贾政大为扫兴，尤其“焦首朝朝还暮暮，煎心日日复年年”，贾政认为这样的诗句写得太过于悲凉和露骨，而此诗和当时元宵佳节的气氛丝毫不能相容，贾政对此甚至有些丧气，于是他说：“此物还倒有限，只是小小之人作此词句，更觉不祥，皆非永远福寿之辈。”

在第四十回中，贾母携带着刘姥姥来参观大观园，薛宝钗的蘅芜苑的布置相对素雅很多，这一点也引起了贾母的不满，认为这在亲戚面前扫了她的面子，于是贾母对蘅芜苑的评价是：“使不得”、“不象”、“忌讳”、“不要很离了格儿”、“我们这老婆子，越发该住马圈去了”，这些都是负面评价，而对于其他的女子几乎没有过这样的负面评价，由此可见薛宝钗的“审美”和贾母完全相反，而且她给予贾母的负面刺激是非常深的。

在第五十三回，薛宝钗就因为自己的个性而得罪了贾母，在这一回中，“荣国府元宵开夜宴”，贾母最为喜欢的是宝琴、湘云、黛玉和宝玉四个人，于是让他们和自己同坐主桌，而薛宝钗却没有坐上主桌。等到深夜，荣国府的元宵宴转到了里间，贾母还是让宝琴、黛玉、湘云三人在自己的左右坐下，而宝钗依旧被排挤，她只能坐在位置较低的“西边一路”，很明显薛宝钗已经在贾母那里失宠了。

《红楼梦》强烈体现了现实主义的创作原则，但是曹雪芹处于当时那种时代无法直接将自己的感想表达出来，所以他喜欢借题发挥或者通过小说中的人物将自己的感想表达出来，且不仅仅局限于是正面人物，有时候在一些反面人物身上同样有体现，比如第二回中，贾雨村在闲谈之中发表的一番议论就是如此的例子。

而薛宝钗的这首诗也表达了曹雪芹的思想，看到这首诗之后众人的评价是：“这些小题目，原要寓大意才算是大才，只是讽刺世人太毒了些。”在这里曹雪芹先生以小见大，将此升到政治的大事上；且其通过这首诗意在骂世，通过薛宝钗这个有封建正统思想的人来骂，远比贾宝玉和林黛玉这些具有叛逆性格的人来骂要过瘾很多。

“眼前道路无经纬，皮里春秋空黑黄”集中讽刺了现实政治社会中那些丑恶人物的面孔，用语非常犀利，此句不仅仅适用于《红楼梦》中贾雨村这等政治掮客、官场赌棍，就算是放在历史上所有反面人物身上也非常妥帖。这些人总是心怀叵测，他们横行一时，背离了正道，但是机关算尽，最终还不是落得个灭亡的下场。看到这里贾宝玉更是激动地说："骂得痛快！我的诗也该烧了。"

## 是聚是分都不改

白玉堂前春解舞，东风卷得均匀。蜂围蝶阵乱纷纷。几曾随逝水，岂必委芳尘。

万缕千丝终不改，任他随聚随分。韶华休笑本无根，好风频借力，送我上青云！

——《临江仙·柳絮》

若问大观园中何人才情最为出众？不得不承认是薛宝钗。薛宝钗的诗歌大气而又浑厚，在他们举办的诗社中多次夺得魁首，在大观园中女孩们都是冰雪聪明之人，她们都很喜欢文学，而薛宝钗的那句“淡极始知花更艳”让人们记忆深刻。

薛宝钗是一个奇女子，她不仅品格端庄、容貌美丽，而且天资聪颖，从小博览群书，其具有深厚的艺术修养和博学的知识，对文学、艺术、历史、医学等均有涉猎，就连“杂学旁收”的贾宝玉也只能甘拜下风。

薛宝钗是一个善于写诗的女子，同时也是一个善于点拨的女子。当元春省亲回来，她希望大家都能够作诗一首，当时宝玉将芭蕉比作了“绿玉”，于是薛宝钗提醒他，当初元春正是因为不喜欢“绿玉”，连匾额都改掉了，现在用这两个字岂不是让她不开心？还不如将其改为“绿蜡”，而且“绿蜡”还用到了典故“冷烛无烟绿蜡干”。薛宝钗的这一点拨得到了贾宝玉的认可，并连称其为自己的“一字之师”。

在《红楼梦》中薛宝钗和林黛玉的性格甚至思想都是对立的，林黛玉善于做一些情调缠绵且悲伤的诗句，而薛宝钗大多都是欢愉之辞，表面上是两个人在诗歌方面的比较，实际上这一点是曹雪芹先生精妙的设计，通过这种比较其刻画了两个全然不同的美人的思想性格。

薛宝钗和王熙凤是不同的，虽然薛宝钗也是有心机之人，但是这和王熙凤的两面三刀完全不同。

薛宝钗的性格极其复杂，仔细品来感觉非常丰富，其具有很多美好的性格，比如她在做事情上非常周到，办事也很公平，懂得体贴人，善于帮助人，这些都是其性格闪光的地方。

有一次，袭人想要央求史湘云帮她做一些针线活，薛宝钗知道这件事情之后，立即给袭人讲明了史湘云的苦衷，“在家里一点做不得主”，“做活做到三更天”，“一来了就说累得慌”，这些都能够看出薛宝钗的体贴，并且责怪“怎么一时半刻不会体贴人”，接下来她主动接去了袭人让史湘云做的活计，这又体现出了她善于帮助别人的一面。指责谁不会？关键是如何处理事情才能够体现出一个人的能力。

还有一次，史湘云要开社做东，薛宝钗担心她的花费会引起她婶娘的抱怨，于是主动资助她办了螃蟹宴。就连史湘云这样心直口快、性格耿直的女子都曾经真心评价薛宝钗：“这些姐妹们，再没有一个比宝姐姐好的，可惜我们不是一个娘养的——我但凡有这样一个亲姐姐，就是没了父母，也是没妨碍的。”

薛宝钗真心帮助过的人还有寄人篱下的林黛玉、家境贫寒的邢岫烟，就算是对大观园的下人们，她也能够体贴到他们起早睡晚的辛苦，经常会为他们筹划一些额外的收益。

了解了薛宝钗的行为风格之后，我们且来赏析这阕词。

通过这阕词我们不难发现“蜂围蝶阵乱纷纷”，实则是在预示变故即将来临之前大观园纷乱的情景，薛宝钗一向是高洁的，“丑祸”自然不会沾惹到她的身上，更何况她本来就具有为人处世的本领，所以在这阕词中她用到“解舞”、“均匀”以此自诩。林黛玉则就不同了，她就像是落絮那样“随逝水”、“委芳尘”。薛宝钗可以做到“任他随聚随分”而“终不改”故态，这也是对之后“金玉良姻”做了一个伏笔，最终的薛宝钗青云直上，得到了贾府上下的赏识。但是这些都不能消除贾宝玉和薛宝钗之间存在的思想分歧。

在对待封建礼教和经济仕途上，贾宝玉和薛宝钗之间的分歧很大，二人完全是对立的，自然贾宝玉也无法忘却自己的知己林黛玉。最终薛宝钗只能接受被贾宝玉抛弃的命运，词中的“本无根”或许就是表达这个意思。

在薛宝钗的世界中，依照着封建道德规范去做事情就是天经地义的，也是最为道德的，被世人所认可的，所以她自然而然做到了“三从四德”，后人评价薛宝钗是“大奸不奸，大盗不盗”，可能就是她对封建思想的忠诚和执行的态度，薛宝钗的这种思想符合封建社会的形态，自然能够得到贾府上下“老人”们的欢心，并且最终能够成为贾宝玉的妻子，这种性格和环境结合之后的自然结果，不能将此看作是她或者薛姨妈盘算之后的胜利。后来一些评书者认为薛宝钗的一切活动都是为了争夺贾宝玉，她的做法是有预谋、有计划地展开的，显然这种说法不是很适合全书的描写，而且也将薛宝钗这一人物的思想意义放得很小，这种观点不可取。薛宝钗并不是奸险之人，她做的事情也并不是处处都有心机，她的做法是按照封建礼教去做，之所以能够做得浑然不觉、做得如鱼得水，只不过是因为她一颗真心全部都按照封建礼教来做，所以她在劝解林黛玉的时候能够苦口婆心，因为她认为封建礼教全部都是正确的，而不是她本身有什么心机。

# 第三钗

## 喜荣华正好，无常又到

——元春的魂断宫闱

荣华短暂，生灭无常。林黛玉是悲伤的，薛宝钗是悲伤的，就连元春也是悲伤的，虽在皇宫受宠，却也春景不长，最终魂断宫闱。

## 生死岂会由他

喜荣华正好，恨无常又到。

眼睁睁，把万事全抛。荡悠悠，芳魂消耗。

望家乡，路远山高。故向爹娘梦里相寻告：

儿命已入黄泉，天伦呵，须要退步抽身早！

——《恨无常》

《红楼梦》中讲到了四大家族，而贾府是居于首位的，贾家的财富最多，势力也最大，这主要是因为他们有一个大靠山，那就是贾元春，虽然贾府的祖上曾经有过战功，但是现在依靠着元春成了皇亲国戚。所以在整部《红楼梦》的前半部分介绍到了“才选凤藻宫”、“加封贤德妃”和“省亲”等情节，竭力铺写贾府“烈火烹油，鲜花着锦”之盛。可是这种繁华和元春的遭遇并不是对等的。“豪华虽足羡，离别却难堪。博得虚名在，谁人识苦甘？”

元春回家省亲的时候，其在私室和亲人相聚的时候，让所有的读者看到了荣华富贵之后的骨肉分离，元春甚至到了“说一句，哭一句”的地步，她将皇宫中的所有的事情说了出来，她认为那里是“不得见人的去处”，在她的眼中，那里就是一个巨大的樊笼，那是一个囚禁自己的地方。其实曹雪芹是通过元春的遭遇，揭示了封建阶级所羡慕的生活，对于元春这样的女子来说是一种深渊，她们不得不因此而丧失了自由。

在省亲之后，元春重新回到了皇宫，看起来这是又一次的分别，实际上这是一次“死别”，这一次她丧失的不仅仅是自由了，连生命都丧失了。通过揭示贾府现在的盛况是由元春带来的，预示了之后元春的死亡导致贾府的败亡。元春的死是整本书的关键之处。

我们来看这首《恨无常》。

“喜荣华正好”指代的就是元春的入宫，而贾府也因此显赫一时，成为皇亲国戚。

“恨无常又到”则指代的是元春的死亡。“无常”，指的就是人世一切即生即灭、变化无常，后俗传为勾命鬼。虽然元春做了贵妃，但是这些都是短暂的，最终这些荣华富贵都会逝去。

“芳魂消耗”指元春的鬼魂忧伤而憔悴，虽然元春的魂魄托梦是一种迷信的说法，但是其中不难看出元春的悲伤。

“望家乡，路远山高”，通过这一句可以看出元春的死亡地点并不是在宫中，而是在比较远的地方。

“儿命已入黄泉，天伦呵，须要退步抽身早”，通过这几句也能够看出贾府的衰败，元春是一个政治斗争的牺牲品，也预示着贾府中其他的儿女也不得不吞下悲剧的苦果。

在《红楼梦》中，很多人都是短命的，而且他们的短命都有令人信服的理由，只有元春的死亡显得不明不白，这本身就值得读者深思。通过判词中的“虎兕相逢”根本无法一探究竟，曲子中很多的句子显得都很蹊跷，比如“荡悠悠，芳魂消耗”、“望家乡，路远山高”，倘若元春后来死于宫中，对于筑于“帝城西”的贾府并不算远，“路远山高”、“相寻告”云云，都很难解释得通。

在曲子中，元春托梦告诉自己的父母“儿命已入黄泉，天伦呵，须要退步抽身早”，这其实就是让父母能够以她的死亡作为前车之鉴，从而快速从官场中脱身，要不然就会大祸临头。

元春的死亡并不是简单的死亡，其预示着以贾家为代表的四大家族在政治上的全面失利，从而敲响了贾家的丧钟。而元春本身也只不过是封建统治阶级宫闱内部相互斗争的牺牲品。曹雪芹是通过元春的死亡来大胆揭示政治斗争的可恶，从而让人们通过一个封建贵族家庭的遭遇，看到其背后所隐藏的封建统治阶级各派势力之间的斗争，这种斗争显得不择手段，如同贾探春说的“恨不得你吃了我，我吃了你”。

## 榴花开处

二十年来辨是非，

榴花开处照宫闱。

三春争及初春景，

虎兕相逢大梦归。

——《判词》

看了整部《红楼梦》，林黛玉是悲伤的，薛宝钗是悲伤的，探春是悲伤的……其实连贵为贵妃的元春同样悲伤。我们来看看属于元春的判词。

“榴花开处照宫闱”，很多人问，这句判词是不是只是一句简单的景观描写，没有实际意义，其实这句话中能够破解出来的意义同样非常深厚。

“榴”自然指的是石榴，石榴是一种多籽的植物，为什么在紫禁城中种植这么多的石榴树呢？在封建社会，无论是皇家还是普通百姓都希望多子多孙，康熙皇帝就是这样的一个人，他有很多子女，所以在那个时代，人们认为多子多孙才是有福气的象征。“榴花开处”我们可以大胆猜测是贾元春已经有了皇帝的骨肉，所以其才能够得到皇帝的宠爱，一般来说，如果皇帝宠爱一个妃子的话，那就是因为这个妃子能够为自己生儿子，可是最终元春却失宠了，很有可能是因为其没有能够顺利为皇帝生下儿子。

“三春争及初春景”，很多红学研究者都认为，这句话是指其他三春的地位都不如元春显赫。这四个女性本就是非常特殊的一个群体，因为四个人的名字连起来是“原应叹息”，后来的读者“原本就应该为她们叹息”啊！曹雪芹为这四位薄命的女性做了一个艺术概括。她们的名字中都有“春”字，我们可以认为她们是“四春”，所以有人认为“三春争及初春景”是在说，迎春、探春、惜春三个人都不如元春，元春能够成为贵妃，但是其他的三个人只能望其项背。实际上大家都知道第五回中关于十二钗的判词是对她们一生的评判，而不是一个时期，判词是为了点明她们的命运和结局。

以结局来说，迎春应该是最苦的一个人，因为其嫁给了“中山狼”孙绍祖，很快就被折磨致死；虽然探春和惜春一个远嫁、一个做了尼姑，但毕竟保全了卿卿性命；元春也是悲惨地死去的。

在第二十二回中，元春所作的那首灯谜诗，也能够看出她的惨死，“一声震得人方恐，回首相看已化灰。”到底元春是如何死的，其中具体的细节和情节都不得而知了，因为曹雪芹先生的书稿后半部分已经遗失，后来的续书者又怎么可能有曹雪芹的性情。

但无可厚非的一点就是，元春的结局是悲惨的死亡，这一点是无可争议的。故此，四个人的结局中元春和迎春才是最惨的，所以“三春争及初春景”中的“三春”断不可理解为迎春、探春和惜春。

其实在整部《红楼梦》中有多处“三春”的描写，比如“勘破三春景不长”、“将那三春看破”等，通过理解全书我们不难看出这些地方的“三春”并不是指三个人。

所以我们可以认为“三春争及初春景”中的“三春”是指三年，一般情况下人们会以“三冬”表示三年过得不好，而以“三春”表示三年过得还不错。因为冬天总是让人感觉到寒冷，而春天毕竟是一个让人感觉舒服的季节。

“三春争及初春景”中的“三春”指的就是元春经历的最为美妙的三年时间，其中最为美好的就是第一年她被封为贤德妃，所以应该是“初春”，而这一年她也能够省亲，显然这一年对于她来说是非常好的一年。对于深居后宫的元春来说，省亲才是最为幸福的事情，所以“初春”的光景才是最为幸福的一年。

“虎兕相逢大梦归”这句诗的理解在红学界引起了很大的争论，那么这句诗到底意味着什么呢？

这句诗词在很多版本中是“虎兔相逢大梦归”，不过笔者个人认为应该是“虎兕相逢大梦归”更为合理一些。

“虎”本身就是一种凶狠的野兽。“兕”是一种类同于犀牛的野兽，其本身非常凶猛，身体的体积很大，而且力量非常大，其和老虎之间的争斗非常惨烈，说不出谁能够获胜。

但是在高鹗的续书之中，其写到元春是“自选了凤藻宫后，圣眷隆重，身体发福”，也就是元春得了诸如肥胖症之类的病症，从而“未免举动费力，每日起居劳乏，时发痰疾”，“偶沾寒气”以后，就“勾起旧疾”，“竟至痰气壅塞，四肢厥冷”，最后离开了人世。虽然这种说法能够站得住脚，但是前面的《恨无常》以及所作的灯谜诗又如何理解呢？在高鹗的眼中，元春在后宫中过着很太平的生活，只不过是因为自己管不住嘴巴，吃得太多了，最终导致丧命！这种说法显得牵强很多，毕竟《红楼梦》中任何一个人物不能够随意去处置，况且是元春这样重要的人物。

# 第四钗

## 风雨路三千，芳心无力

——探春的凤凰飘摇

世俗的偏见，人间的悲凉，纵然一点芳心也落得无力，缟仙羽化，远嫁他乡，南北各分离。空有美好的性灵，也难免落得悲惨结局。

## 离合皆缘

一帆风雨路三千，把骨肉家园齐来抛闪。
恐哭损残年，告爹娘，休把儿悬念。
自古穷通皆有定，离合岂无缘？
从今分两地，各自保平安。
奴去也，莫牵连。

——《分骨肉》

探春是一个独立的女性，可以说探春是《红楼梦》中最为值得尊敬的女性，至少笔者是这么认为的。她面对家族的黑暗和腐朽以及明争暗斗，没有选择同流合污，没有选择熟视无睹，也没有像贾宝玉和林黛玉那样选择唾弃，她用自己的方式保持了冷静。她将这些看在了眼里，记在了心里，她有属于自己的盘算，一旦遇到机会，她就会展开自己的翅膀。

在《红楼梦》中有一段，王熙凤生病了，一时之间无法恢复健康，所以王夫人就让大奶奶李纨出面，然后让探春协助，再加上宝钗，三个人共同来管理这个家。

显然这样一个家族的管理需要精明和公正，而其中的李纨是一个“佛爷”一样的人，所以在第五十五回中讲道“佛爷不中用”；而同样在第五十五回中讲道宝钗是“不干己事不开口，一问摇头三不知”。既然这样探春就成了这个三人组中的核心，探春上任之后遇到的第一件事就是赵国基的安葬费，这也是探春最大的挑战，赵国基是探春的亲舅舅，吴新登家的人就说：“赵姨娘的兄弟赵国基昨日死了。昨日回过太太，太太说知道了，叫回姑娘奶奶来。”说完之后就站在一旁不再说话。如果是凤姐掌管，肯定会殷勤地献出很多主意，但是现在她蔑视李纨的老实、探春的年轻，便不给任何主意。

于是探春问李纨，李纨想了一会儿之后说：“前儿袭人的妈死了，听见说赏银四十两。这也赏他四十两罢了。”吴新登家的人听完之后想要出去，被探春叫住，探春问道：“你且别支银子。我且问你：那几年老太太屋里的几位老姨奶奶，也有家里的也有外头的这两个分别。家里的若死了人是赏多少，外头的死了人是赏多少，你且说两个我们听听。”吴新登家的人赔笑着说：“这也不是什么大事，赏多少谁还敢争不成？”探春则说：“这话胡闹。依我说，赏一百倒好。若不按例，别说你们笑话，明儿也难见你二奶奶。”原本吴新登家的人说自己回去查账然后再来回复，谁知道探春是一个非常精明之人，当然知道对方是在难为自己，于是她说：“你办事办老了的，还记不得，倒来难我们。你素日回你二奶奶也现查去？若有这道理，凤姐姐还不算利害，也就是算宽厚了！还不快找了来我瞧。再迟一日，不说你们粗心，反像我们没主意了。”

这一段是第五十五回中的描述，自打此事起众媳妇们也是领教了探春的厉害。通过这段对话，我们不仅可以看到贵族家庭中日常生活开支的复杂，而且还可以看到在对话之中蕴藏的心智较量。荣的管家娘子们个个都是厉害之人，吴新登的人之所以在汇报之后什么话都不说，不是在听主子们的指示，而是想要试探一下李纨和探春的深浅，甚至是在戏弄她们。赵国基是探春的亲舅舅，在以往肯定有旧例，就算是没有，她也应该给予合理的建议。其实在吴新登的人心中早就有了主张，她只不过是将这个棘手的事情推给探春，就是想看探春的笑话。

探春本就是一个懂得自重的人，同时也非常机警，她对这些管家娘子们也是早有耳闻，也知道这件事情如果处理不当，那么必然会给自己引来很多麻烦。

面对这管家娘子的发难，探春非常慎重，她从容应对，最终处理得有章有法。

探春本就是一个做事有策略的人，她也懂得“擒贼必先擒王”的道理。她做的第一件事情就是取消了宝玉、贾环和贾兰三个人上学的点心、纸笔的费用，因为这一项开支实际上是在补贴袭人、赵姨娘和李纨，此举完全属于重复开支。再就是每个姑娘每月重支的头油脂粉钱也免去了，这同样也是重复的开支。

其实在王熙凤管家的时候，这些她都是知道的，只不过是她不敢从上层人开始下手。而探春则不是这样，她从上层开始开刀，显然这种策略是正确的，但是她的这种做法需要很大的勇气，甚至要冒很大的风险，但是最终探春做到了。

探春又将菜园子承包给了婆子们，给了她们足够的利益，将上层人的利益进行削减，然后补偿给下层人，这本就是改革的方向。探春用最大的勇气开始改革，就连王熙凤也不得不“畏他五分”，在第五十五回中，王熙凤特地交代平儿，如果探春要驳回屋里的事情，千万不要和她争辩；在第六十二回，贾宝玉也说，“单拿我和凤姐姐作筏子禁别人”，宝玉虽然这样说，但是在他的心中并没有怨言，他是支持探春的。

探春是一个特殊的人，她甚至有着与其他人不相同的经济观念。在第五十五回王熙凤和平儿的谈话中，我们可以看到贾府已经处于入不敷出的境地。贾府的生活太过于奢侈了，探春自然注意到了这一点，她向贾宝玉以及姑娘们开刀就是为了“节流”；而让婆子们承包园子，则是为了“开源”，她知道“一个破荷叶，一根枯草子，都是值钱的”。

探春能够将审美、消费以及生产联系在一起，她将园子承包给婆子们至少有四点好处：第一，此后园子就有人管理了，花木自然会长得好，到有用的时候不至于忙乱；第二，不会因为乱用而导致浪费；第三，承包者能够从中收获利益；第四，节省了管理园子的费用。果然在承包之后得到了效果，在第五十八回中就讲道：“因近日将园中分与众婆子料理，各司各业，皆在忙时，也有修竹的、也有剔树的、也有栽花的、也有种豆的，池中又有驾娘们行着船夹泥种藕。”

在这场大观园的改革中，探春凭借着出色的管理和组织能力，让整个贾府有了转机，但是她的改革毕竟只是局限于大观园之中，这种影响力也只能波及姑娘、婆子和丫鬟们，假如能够将这种改革拓展到整个贾府，或许其会遇到更大的阻力，但相信会让整个贾府呈现出一派欣欣向荣的景象。

可惜，探春的掌管只是代理的，而且她是一个姑娘，终究有一天会出嫁，更何况，在贾府这样一个贵族家庭中，不可能让一个庶出的女子来管家，所以在王熙凤身体好转之后，贾府的大权再一次落到了王熙凤的手中，而一切又恢复到了从前。虽然探春发起的这场改革看起来轰轰烈烈，但是最终只能以失败告终，而“一帆风雨路三千”，她本人也只能面对远嫁的命运。

《分骨肉》这首曲子就是说探春远嫁的事情，“分骨肉”本就是指子女和父母之间的分离。探春在贾府中的诨名是“玫瑰花”，她的性格和姐姐迎春的木讷形成了鲜明的对比，她的精明能干已经从上面的文字中略窥一二，就连王熙凤也不得不让她三分。

## 芳心无力时

斜阳寒草带重门，苔翠盈铺雨后盆。

玉是精神难比洁，雪为肌骨易销魂。

芳心一点娇无力，倩影三更月有痕。

莫道缟仙能羽化，多情伴我咏黄昏。

——《咏白海棠诗》

探春是庶出，是贾政和赵姨娘的女儿，身世对贾府这样的封建贵族家庭来说，是非常重要的一件事情。也正是因为她的身世，使得她的感情和个性都有着不同常人的一面。

虽然探春并不是很在乎自己的庶出身份，在第二十七回中，她自己也说过："谁和我好，我就和谁好，什么偏的庶的，我也不知道。"但是在实际生活中，这种庶出的自卑感还是让探春蒙上了一层心理阴影，从而形成了一种拂之不去的自卑情结。在第五十六回中，她就感叹说：“我一个女孩儿家，自己还闹得没人疼没人顾的，我哪里还有好处去待人。”在探春的心底潜藏着一种被忽视和被冷落的悲凉之感。

也正是因为这些，使得探春特别羡慕普通人家，其在第七十一回中就讲道：“虽然寒素些，倒是欢天喜地，大家快乐。”世俗的偏见，再加上礼法的压抑，让探春感受到了人世间的悲凉。

迎春也是庶出，但是她软弱无能，甚至遭受到了奴仆的欺负，探春知道这件事情之后，于是义愤填膺：“谁主使他如此，先把二姐姐制伏，然后就要治我和四姑娘了？”显然这件事情触动了她自卑的内心，她本就是敏感的，而一个敏感的人就特别善于保护自己。

从探春和赵姨娘之间的关系更能够看出她的自卑心理。赵姨娘是贾政的侍妾，虽然其为贾政生有一儿一女，但是她在贾府的地位还是非常低下，甚至比“未嫁的丫头及年老的用人还差一段”。赵姨娘的这种卑微的身份已经让探春非常难堪，再加上赵姨娘做事情不安守本分，经常出来生事，让探春在王夫人面前也经常受到牵连，于是在书中，探春就声明“我只管认得老爷、太太两个人，别人我一概不管”，她并不承认自己和赵姨娘之间的血缘关系。

当探春管家时，正好遇到自己的亲舅舅赵国基离世，赵姨娘想要从探春那里多讨一些安葬的银子，但是遭到了探春的拒绝，赵姨娘哭闹着说：“如今你舅舅死了，你多给了二三十两银子，难道太太就不依你？分明太太是好太太，都是你们尖酸刻薄！……如今没有长翎毛就忘了根本，只‘拣高枝儿飞’去了。”

探春听完这些之后，更加生气，她哭着说：“谁是我舅舅？我舅舅年下才升了九省的检点，那里又跑出一个舅舅来？……谁不知道我是姨娘养的，必要过两三个月寻出由头来，彻底来翻腾一阵，生怕人不知道，故意的表白表白！”

本来探春希望通过这次管家从而确定自己在贾府的地位，谁知道赵姨娘不晓事理竟然出来闹事，这让探春本就存在的自卑感加剧，所以她只能迁怒于赵姨娘了。通过这些看出，在等级制度强大的压力下，探春从小就有了非常强的自卑心理，这些多少影响到了她的情感和性格。探春是一个非常了不起的女性，不过在那样的社会时代中，她也被迫屈服于等级观念。

在第七十四回抄检大观园中，探春的性格展露得非常清楚，当王熙凤和王善宝家的人进入她的院中时，她早就让丫鬟们点上蜡烛、打开大门等待了，并且向他们说：“我们的丫头，自然都是些贼，我就是头一个窝主。既如此，先来搜我的箱柜，他们所有偷了来的都交给我藏着呢。”又说：“我的东西倒许你们搜阅；要想搜我的丫头，这却不能！我原比众人歹毒，凡丫头所有的东西我都知道，都在我这里收着，一针一线他们也没的收藏，要搜所以只来搜我……”王善宝家的人虽然早就耳闻了这位小姐的厉害，但她一直认为是别人没有胆子罢了，她这一次想要趁势作脸，于是拉起探春的衣襟，故意掀起来，然后笑嘻嘻地说：“连姑娘身上我都翻了，果然没有什么。”王熙凤知道这件事情必然会招惹到探春，便说：“妈妈去罢，别疯疯癫癫的。”谁知道她的话还没有说完，王善宝家的人脸上早就结结实实挨了探春的一巴掌，探春指着王善宝家的人说：“你是什么东西，敢来拉扯我的衣裳!”探春的这一巴掌打得非常到位，显出了一个主子的自尊和自重。探春这样强硬，为的就是给所有人看看，从而体现自己主子的身份。

探春之所以有这样强硬的性格，和当时那个社会“妻妾不分则家室乱，嫡庶无别则宗族乱”的观念有很大的关系，这一点不是她一个人的悲剧，是整个时代女性的悲剧。

而这首《咏白海棠诗》就能够看出探春独特的性格。当时贾宝玉在挨打之后，贾政就到外省公出，所以贾宝玉也获得了自由，其在大观园中“任意纵性的逛荡，真把光阴虚度，岁月空添”，此时雅兴突发的探春写信给贾宝玉，提议结社来作诗，正好遇到贾芸孝敬了宝玉两盆非常珍贵的白海棠，所以他们就以此成立了海棠诗社。

探春的这首诗就是她本人的写照，通过上面故事中介绍到的探春以及探春的性格，我们更能够深切领会这首诗中的含义。

“玉是精神难比洁”和“才自精明志自高”表达的是相同的意思。

“雪为肌骨易销魂”描述了探春“俊眼修眉，顾盼神飞，文采精华，见之忘俗”的形象。

可就是这样强硬而且倔强的女性，却展现了“芳心一点娇无力”的一面，这些让后来人联想到了断线的风筝。

“缟仙能羽化”更是直接点出了探春的远嫁他乡。

探春将自己所有的感情都赋予白海棠上，也是借助白海棠来咏叹自己。

探春是一个奇女子，她有自己的个性，有独特的性格，但是在那样的时代，注定了她不能掌握自己的命运，所以她只能远嫁他乡，或许这种结局对于她来说才是最好的。虽然在此过程中无端增添了太多的悲伤情绪，但是这又能怎么样呢？像探春这样一个人，还会有如何的安排呢？

## 分手莫相思

露凝霜重渐倾欹，宴赏才过小雪时。
蒂有馀香金淡泊，枝无全叶翠离披。
半床落月蛩声切，万里寒云雁阵迟。
明岁秋风知再会，暂时分手莫相思。

——《残菊》

菊花诗和《咏白海棠》属于同一种类型，这些都是通过花事来反映当时都城贵族家庭的文化生活。

和同类型的大多数诗都一样，这一系列菊花诗都以物喻人，而每一首诗都有自己的特点，也展现了作者各自的特点。比如薛宝钗的《忆菊》多少带有一些寡妇腔调；贾宝玉的《种菊》中也有一些绝尘离世的感觉……

通过《残菊》我们来分析探春，“万里寒云”、“分手”等都是她远嫁他乡、之后不归的象征，而“明岁秋风知再会，暂时分手莫相思”也只不过是相互安慰的话，和元春所说的“见面是尽有的，何必伤惨。倘明岁天恩仍许归省，万不可如此奢华靡费了”的意思完全相同。

在这一系列诗中，林黛玉的三首诗被评为最佳，当然这不仅仅是在表示林黛玉的诗歌才华出众，因为在前面的《咏白海棠》中是探春技压群芳，在后面的《食螃蟹咏》中是薛宝钗的诗成了“绝唱”。曹雪芹是睿智的，他是通过所咏之物的品质，来暗合歌咏它的人的品质，如果以此来看，林黛玉的身世和气质应当和菊花作为搭配。所以在菊花诗中，她比别人更充分、更真实、更自然地表达感情完全是在情理之中。

探春的这首《残菊》同样将探春的性格展露无遗，也将其之后的际遇展露了出来。探春这样一个庶出的女子，通过自己的努力和能力是无法战胜封建家庭的等级观念的，或许她的离开是最好的结局。

那么，探春的婚姻到底是喜剧还是悲剧呢？可以肯定的一点是，远嫁他乡本就是一个悲剧，只不过这是所有悲剧中最为缓和的一幕而已。

贾府共有四位女子，元春、迎春、探春和惜春。元春虽然获得了显贵的地位，但是她却付出了和父母分离的代价；迎春是一个非常软弱的人，出嫁的她就像是落入狼窝的羔羊；探春是一个精明的女子，但是她只能远嫁他乡，而且一去不复返；惜春是一个冷静的人，最终她也只能遁入空门以求自保。这四个人的出身和环境大体上相同，虽然走了不同的道路，但是最终都进入了“薄命司”。通过这四个人的悲剧命运，可以看到四大家族的衰亡和整个封建制的崩塌。

探春的远嫁在前文中有多处伏笔，比如第二十二回“制灯谜贾政悲谶语”中，贾政看到元春、迎春、探春、惜春和薛宝钗所作的灯谜，于是感觉到她们“皆非永远福寿之辈”，贾政说道：“娘娘所作爆竹，此乃一响而散之物。迎春所作算盘，是打动乱如麻。探春所作风筝，乃飘飘浮荡之物。惜春所作海灯，一发清净孤独。今乃上元佳节，如何皆作此不祥之物为戏耶？”当时探春的谜面是：“阶下儿童仰面时，清明妆点最堪宜。游丝一断浑无力，莫向东风怨别离。”

在第七十回中，大观园中的众姐妹一起放风筝，探春的“软翅子大凤凰”被缠住，继而被风吹走，探春准备要剪自己的“凤凰”，此时看到天上又来了一只“凤凰”，于是说：“这也不知是谁家的。”其他人都笑着说：“且别剪你的，看他倒像要来绞的样儿。”说完之后那只“凤凰”靠近了过来，和探春的“凤凰”绞在一起，众人正准备收线，而那家人也准备收线，就在这个时候，一个门扇大的玲珑喜字带响鞭，在半天如钟鸣一般，也逼近来。众人则笑着说：“这一个也来绞了。且别收，让他三个绞在一处倒有趣呢。”说完之后那个“喜”字果然和两只“凤凰”绞在一起，三方都准备收线，谁知道线断了，三个风筝都飘飘扬扬地离开了。

“风筝”本就是探春的“谶语”，而风筝断线就意味着探春的远嫁，联系“册辞”谶语诗中的“清明涕送江边望”，说明她远嫁的时间应该是清明时节，而此时贾府还没有出事，还没有被抄没。而对于探春到底成了谁的夫人，在书中同样有一定的铺垫。

在第六十三回“寿怡红群芳开夜宴”中，众姐妹做游戏抽取花名签，在签上面写着参加宝玉生日宴会的众姐妹谶语，探春手中的花签上面是一枝杏花，写着“瑶池仙品”四字，诗云“日边红杏倚云栽”，注云：“得此签者，必得贵婿，大家恭贺一杯，共同饮一杯”。众人听完之后都笑道：“我们家已有一个王妃，难道你也是个王妃不成。大喜！大喜！”

“日边红杏倚云栽”，是唐代高蟾的诗句，“日”自然象征着帝王，而“日边红杏”岂不就是王侯身边的夫人吗？所以众人都说她会成为又一个王妃。按照书中的这些线索以及册辞，曹雪芹先生的意思很有可能将探春“嫁给”一个守护或贬谪海疆的藩王，虽然探春能够有“王妃”的命，但是她也无法再回家，从此开始了背井离乡的生活。

探春的《分骨肉》就流露出了这种骨肉分离的无奈，而通过此曲也能够透露出探春的人生态度是那么从容，对于既定的命运，她虽然有无奈，但更多的是一种豁达和沉着。而探春也知道或许今天的离别，就会成为永别，以后再也不会回来了。

探春的远嫁和昭君出塞有着相同的怨艾和悲苦，她的结局更有着“独留青冢向黄昏”般的凄凉，而在高鹗续写的书中，写到探春远嫁镇海总制之子，最终还有衣锦还乡的经历，显然这些都有违曹雪芹先生的本意。当凤凰“掩面流涕”离开的时候，也只能有断线风筝一般的无奈和悲凉。凤凰只能飘飘摇摇，从此开始了前途未卜的生活。她的身后是她的亲人逐渐离散、家族逐渐败落。

背井离乡在那个年代是人生最大的悲剧之一，所以探春是“薄命”的，通过判词“生于末世运偏消”来分析，探春生不逢时，如果她能够在外享受着王妃的荣华富贵，同时施展自己的政治抱负和才情，肯定就不会被编入“运偏消”的“薄命司”。

探春是“才自精明志自高”的女子，但是她的命运从来没有被自己掌握过，她的一生充斥最多的是无助和无奈，她只不过是封建家长的一枚棋子而已，她的婚姻只不过是走出的一步棋，她必须服从封建贵族家庭的利益，从而成为一个牺牲品。

## 风筝断了线

阶下儿童仰面时，清明妆点最堪宜。

游丝一断浑无力，莫向东风怨别离。

（谜底：风筝）

——《春灯谜》

无论如何曹雪芹先生是对探春有一定同情的，甚至说是偏爱的。不过其并没有违背历史的客观真实性。可想而知曹雪芹在刻画探春这个人物的时候，其内心充满着矛盾，必须要将探春的结局设定为远嫁他乡。

在此灯谜中，将断线的风筝暗示要远嫁不归的探春，她的“图册判词”中说“清明涕送江边望”，在这个地方又一次点出了“清明”，由此可以看出探春离家远嫁的日子应该就是清明。如果是这样的话，我们就可以理解灯谜中的“妆点”就是新娘梳妆打扮的隐喻了。

探春是一个庶出的女子，虽然她的才华引起了王夫人的注意，并且能够一度成为发号施令的女管家，但是这些都是昙花一现，最终她还是要像风筝一样随风而去。

探春是断了线的风筝，从此之后这位精明能干的探春就再也没有施展才华的机会了，她甚至无法维护自己之前的权力和地位，她只能任凭东风将她吹到任何地方。脂评“使此人不远去，将来事败，诸子孙不至流散也”，可见她的离去是必然的，或许很多读者读到这里的时候都会庆幸，毕竟这个惹人怜爱的三小姐的结局不是最糟糕的。

我们姑且来分析一下，在《红楼梦》中探春远嫁他乡的伏笔。

首先，在《分骨肉》中就隐含了探春的结局，起首曰“一帆风雨路三千，把骨肉家园齐来抛闪”，细细品味会发现字字都带着泪水，这分明是做永诀的口气，要不然“恐哭损残年”、“从今分两地，各自保平安”这类痛苦岂不都是没有意义的？

其次，在第六十三回“寿怡红群芳开夜宴”中，探春所抽的杏花签同样预示着她的如此命运。这一点在前文中已经详细分析过。

第三，同样在前文中分析过的“放风筝”一节，这段描写也预示着探春的远嫁。

最后，在第五十一回中，《薛小妹新编怀古诗》之七《青冢怀古》，将昭君出塞和探春远嫁结合在一起，探春的遭遇和昭君出塞非常相似。薛小妹的怀古诗根本就没有谜底，既然没有谜底，那么这首诗到底隐含着什么含义呢？答案只能是其隐藏着金陵十二钗的命运和结局。

而关于探春远嫁的地方让读者很好奇，到底探春嫁到了哪里，恐怕这又是一个无法解开的谜了！

## 落红

空挂纤纤缕，徒垂络络丝，也难绾系也难羁，一任东西南北各分离。

落去君休惜，飞来我自知。莺愁蝶倦晚芳时，纵是明春再见隔年期！

——《南柯子》

探春是非常具有性格魅力的女子，她除了美丽的外表之外，还有美好的心灵、高贵的人格、非凡的才识以及卓越的才能，堪称是一代佳人。探春是曹雪芹非常喜欢的人物，同时也是笔者钟爱的女子，在她的性格里有“巾帼不让须眉”的品质，她甚至拥有贾府中所有男人所欠缺的精明、才智以及魄力。可惜，她从出生开始就注定了她悲剧的命运，她做了很多事情，但是这些都是徒劳，最终她也只能落得一个远嫁的遭遇。

探春是庶出的女子，而且她的生母是在贾府中没有人喜欢的赵姨娘，这对探春有致命的打击，同时也是探春悲剧的根源。在当时那个时代，尤其是贾府这样等级森严的贵族家庭，庶出的女子地位非常低下。

虽然探春以自己高贵的人格赢得了贾府上下的尊重，赢得了王夫人的赏识，但是毕竟她的地位是低下的。王熙凤在第五十五回中说过："好个三姑娘，我说她不错。只可惜她命薄，没托生在太太肚里。"又说，"……虽然庶出一样，女儿却比不得男人。如今有一种轻狂人，先要打听姑娘是正出庶出，多有为庶出不要的。"王熙凤的这段话代表了一种普遍的看法，在当时那种封建理念中，女子本来就比男子要低一等，更何况是庶出的女子，庶出的女子甚至会有嫁不出去的危险。

在第六十一回中，彩云偷了东西给贾环，平儿说："如今便从赵姨娘屋里起了赃来也容易，我只怕又伤着一个好人的体面。"说完之后伸出了三根指头，袭人等人也就知道她所说的就是探春了。平儿是一个善良的人，袭人和探春的关系也很不错，在她们的眼中探春是一个"好人"，但却是庶出。

通过王熙凤和平儿等人的看法，可以知道探春处于一种尴尬的境地中，一方面，她是一个主子，她能够享受到一切主子的权力；另一方面，她又是庶出，还是被世俗所看轻。在贾府之中，探春的地位就是低人一等，只不过是众人都不愿意揭开这个值得尊敬的女子的痛苦罢了。

探春的生母是赵姨娘，但是按照当时的礼制，她的母亲应该是王夫人。因为妾生的子女、姨娘生的子女最终都必须认嫡妻为正式的母亲，面对着自己的两个母亲，探春又一次陷入了尴尬的境地中。

本来赵姨娘的身份已经让探春有很大的压力了，而赵姨娘又是一个心地龌龊的女人，在贾府的上下所有人都认为她卑劣不堪。这个阴险卑微的女人经常会有坏心肠，她是一个自己没有能力，却又时常想着害别人的人。贾环就是她一手炮制出来的，贾环赌博输了赖丫鬟的钱、有意烫伤贾宝玉的脸、诬告贾宝玉强奸……他的这些行为卑劣无比，这和赵姨娘用私房钱买通马道婆要害贾宝玉和王熙凤的行为如出一辙。

因此，探春在第二十七回就不得不声明“我只管认得老爷、太太两个人，别人我一概不管”，她断然否认了自己和赵姨娘之间的血缘关系。可是当别人愚弄赵姨娘的时候，她又没有坐视不理，她曾经也用另外一种方式规劝过，“何苦不自尊重？大吆小喝，也失了体统。你瞧周姨娘怎么没人欺她，她也不寻人去？我看姨娘且回房去杀杀性儿，别听那说瞎话的混账人挑唆，惹人笑话自己呆，白给人家作弄。”但是，最终她们母女之间的关系没有任何形式的改变。

王夫人是探春礼法上的母亲，而其也非常赏识这个赵姨娘生的女儿，在王熙凤生病的时候，她就让探春出面掌管家务，探春在第五十五回中也曾经给赵姨娘说过："太太满心疼我，因姨娘每每生事，几次寒心。"在第五十六回中，王熙凤也向平儿讲过，"太太又疼他，虽然面上淡淡的，皆因是赵姨娘那老东西闹的，心里是和宝玉一样呢。"

探春是一个懂得封建礼法的女子，她也非常懂得处理各个方面的关系，尤其是在关键的时候懂得孝敬王夫人。比如第四十六回中，贾赦想要收贾母身边的大丫头鸳鸯做妾，老太太非常生气，正巧王夫人在一旁，盛怒之下的贾母冲着王夫人发起脾气，她说："你们原来都是哄我的！外头孝顺，暗地里盘算我。有好东西也来要，有好人也来要，剩了这么个毛丫头，见我待他好，你们自然气不过，弄开了他，好摆弄我！"这句话说得非常重，就算是王夫人也不敢说什么了。

我们且来看书中的原文描写："探春是个有心的人，想王夫人虽有委屈，如何敢辩？薛姨妈现是亲姊妹，自然也不好辩的；宝钗也不便为姨母辩，李纨、凤姐、宝玉一概不敢辩；这正用着女孩子之时，迎春老实，惜春小，因此窗外听了一听，便走进来赔笑向贾母道：'这事与太太什么相干？老太太想一想，也有大伯子要收屋子里的人，小婶子如何知道？便知道，也推不知道。'"探春的这几句话说得非常在理，一方面将贾母说得心服口服，另一方面也赢得了王夫人的感激，这就是探春聪明的地方。宝玉就曾经向林黛玉说过，探春是“最是心里有算计的人”。或许这是对探春最为中肯的评价，一语道出了探春的机敏和乖巧。

探春虽然积极向王夫人靠拢，但是她终究不是王夫人亲生，因此也无法从王夫人那里得到深厚的母爱。

了解了探春悲剧命运的根源之后，就很容易理解这阕词中包含的意义了。

在本阕词中尽情展露了探春远嫁的无奈命运，“空挂纤纤缕，徒垂络络丝”也似乎是在诉说着亲人们不必对她牵肠挂肚。在短短几句词中将探春所要说的全部都表现了出来。

在整部书中探春所作的词不多，而所有词都表露了探春远嫁的事实。比如《残菊》也是这样。探春一出生就注定了她的悲剧命运，在《红楼梦》中很多人没有抗争，但是探春抗争了，可惜没有任何结果。

# 第五钗

## 暗香休踏碎，醉眼朦胧

——湘云的凌风傲雪

史湘云，脂粉堆里的英豪、阔大、宽宏、潇洒、豪放。如此美好的女子，却也无法逃离“云散高唐，水涸湘江”的宿命。

## 尘寰中消长数应当

褪褓中，父母叹双亡。

纵居那绮罗丛，谁知娇养？

幸生来，英豪阔大宽宏量，从未将儿女私情略萦心上。

好一似，霁月光风耀玉堂。厮配得才貌仙郎，

博得个地久天长，准折得幼年时坎坷形状。

终久是云散高唐，水涸湘江。

这是尘寰中消长数应当，何必枉悲伤！

——《乐中悲》

显然，《乐中悲》中包含着太多的寓意，似乎是在说着所有的荣华富贵之后都保藏着危机，欢愉之中潜藏着悲哀。

史湘云是大观园中最为活泼的女孩，其最大的特点就是“英豪

阔大宽宏量”。

在宝钗过生日的时候，王熙凤说小旦很像一个人，宝钗自然知道说的是谁，所以她笑了出来，宝玉也猜出来了，但是不敢说出来。只有性格耿直的史湘云脱口而出，她说：“倒像林妲姐的模样！”她不经意的一句话得罪了林黛玉，最后还引起了一场不小的口角。

在芦雪庵赏雪联句时，史湘云和贾宝玉等人一起烤鹿肉吃，林黛玉笑话他们是一群叫花子，而史湘云反驳说：“你知道什么！‘是真名士自风流’，你们都是假清高，最可厌的。我们这会子腥膻大吃大嚼，回来却是锦心绣口。”

史湘云是人见人爱的“女汉子”，她是潇洒和豪爽的，而她喝醉酒在芍药丛中睡大觉的故事更是成了美谈。

史湘云和林黛玉一样也是自幼失去父母的孩子，她也寄人篱下，两人在遭遇上有很多相同的地方，但是两人的性格却截然相反，林黛玉多愁善感，而史湘云却是一副健康活泼的样子。不过她稍微有点“大舌头”，总是将“二哥哥”说成是“爱哥哥”，虽然这个小细节被很多人取笑，但是她却能够在自己的生活中得到快乐，美好地生活下去。

而看这首曲子，“襁褓中，父母叹双亡。纵居那绮罗丛，谁知娇养”描述了史湘云虽然出生于富贵家庭，但是她从小失去了父母，失去了本应该让人很幸福的父爱和母爱，她从小就没有得到过庇护和娇惯。

“幸生来，英豪阔大宽宏量，从未将儿女私情略萦心上。好一似，霁月光风耀玉堂”则将史湘云的性格活脱脱写了出来，宽宏大量、活泼乐观、潇洒豪放，这些性格她都拥有，在曹雪芹的眼中史湘云诸多优秀的性格特点犹如霁月光风辉映着玉堂那样亮丽可爱，曹雪芹对史湘云是赞赏的，几百年之后的笔者写到这里，同样对史湘云充满敬佩。

史湘云有着优秀的性格，而其在才华方面丝毫不逊色于薛宝钗和林黛玉，如果能够找到一个如意郎君的话，那么她此生就没有什么遗憾了。但是“终久是云散高唐，水涸湘江”，史湘云的婚后生活并不美满，“这是尘寰中消长数应当，何必枉悲伤！”

## 水涸湘江

弹琴酌酒喜堪俦，几案婷婷点缀幽。

隔座香分三径露，抛书人对一枝秋。

霜清纸帐来新梦，圃冷斜阳忆旧游。

傲世也因同气味，春风桃李未淹留。

——《供菊》

史湘云完全是一副巾帼不让须眉的形象，从小父母双亡的她由叔父抚养，她的婶母对她并不是很好，但是史湘云本人是一个开朗豪爽的人，她甚至敢于做出喝醉酒在青石上睡觉的事情。史湘云和贾宝玉的关系不错，不管是关系好的时候，还是发生争吵的时候，总是坦坦荡荡，其“从未将儿女私情略萦心上”。不过在史湘云的身上看不到类似于林黛玉的那种反叛精神。

在史湘云的举手投足之间有一种自然的豁达，她乘兴的时候能够大块吃肉，甚至会挥拳划拳，有的时候还会打扮成男儿，“白日里佻达洒脱，顾盼间神采飞扬，须眉也须自拙。”在大观园中史湘云虽然出身于贵族家庭，但是家道中落，可是她从来不摆出贵族的空架子，而是和所有人相处甚欢。比如在第三十一回中，她和翠缕之间的“阴阳”之争，翠缕喋喋不休，而史湘云则耐心解答，主仆之间拥有着一种姐妹情，丝毫没有高低贵贱之别。史湘云虽然是一个女子，但是她拥有男儿的胸怀和爽朗的性格。同样在“阴阳”之争中，她的解答深入浅出，丝毫没有深闺怨女的情绪，她的风度令所有人陶醉。

这首《供菊》出自于史湘云之手，可以说是“诗中有画，画中有诗”，不仅将菊花的神韵全部表现了出来，而且展露了供菊者的气质，所以史湘云的这首诗得到了林黛玉的大加赞赏。

但是生活中的史湘云并不是时时刻刻这样快活的。史湘云的不幸遭遇主要出现在八十回之后，史湘云和具有侠气的贵族公子卫若兰结为连理，婚后的生活还算幸福，但是不久之后夫妻离散，从此史湘云变得憔悴和寂寞，根据第三十一回的“因麒麟伏白首双星”可以看出，卫若兰和史湘云一直过着分离的生活。史湘云所佩戴的金麒麟和薛宝钗的金锁一样，都是她们婚姻的象征，如脂批上所说：“后数十回若兰射圃所之麒麟，正此麒麟也。提纲伏于此回中，所谓草蛇灰线在千里之外。”贾宝玉遗失了自己的金麒麟，谁知道偏偏被史湘云捡到，此时史湘云和丫鬟正在讨论关于“雌雄”和“阴阳”的道理，这些描写似乎在说史湘云的婚姻和贾宝玉有关系。林黛玉也因此生出了一番“醋意”，对贾宝玉还说了一些讽刺的话，其实贾宝玉只不过是充当了中间人而已，此时“金玉姻缘已定，又写一个金麒麟，是间色法也。何颦儿为其所惑？故颦儿谓‘情情’”。

史湘云的婚姻是贾宝玉、薛宝钗婚姻的陪衬，一个是金锁结缘，一个是金麒麟结缘。薛宝钗虽然做了贾宝玉的夫人，但是丈夫从此出家，自己孤独在家；史湘云看起来好像“厮配得才貌仙郎”，岂料到“云散高唐，水涸湘江”，最终也是一个人面对着孤独。

## 一丛浅笑

别圃移来贵比金，一丛浅淡一丛深。

萧疏篱畔科头坐，清冷香中抱膝吟。

数去更无君傲世，看来惟有我知音。

秋光荏苒休辜负，相对原宜惜寸阴。

——《对菊》

大观园中的史湘云没有高低贵贱的思想，也不拘于男女之别，在这一点上林黛玉和薛宝钗都无法与其比拟。薛宝钗虽然识得大体，而且懂得给别人施以一些恩惠，但是在她的脑海中将人的重要性分得很清楚；林黛玉是一个时代的叛逆者，一身的才情，但是有些孤芳自赏了。

曹雪芹是塑造美女的高手，他能够将一个人写得完美无缺，但他从来不这样做，在他的笔下都是有缺陷的美女，都是美玉微疵。

比如薛宝钗的热症、林黛玉的体弱，以及鸳鸯的雀斑等，这些瑕疵不但没有影响到这些美人的美，反而给每个人增加了自己的特色，使得人物形象更加鲜明了。在塑造史湘云这个人物上，曹雪芹就让这个大美人有“咬舌”的瑕疵，这一个小的瑕疵并没有给她妩媚而又风流倜傥的形象大打折扣。

《红楼梦》中有这样一个情景，在一次下大雪的时候，她身穿大褂子，头上戴着大红猩猩昭君套，又围着大貂鼠风领。黛玉笑她道：“你们瞧瞧，孙行者来了。他一般的也拿着雪褂子，故意装出个小骚达子来。”众人看到她的这个造型之后，也笑着说：“偏他只爱打扮成个小子的样儿，原比他打扮女儿更俏丽了些。”

史湘云和宝玉、平儿等人烤鹿肉吃的时候，林黛玉讥笑他们，而史湘云不依不饶地说：“你知道什么！‘是真名士自风流’，……我们这会子腥膻大吃大嚼，回来却是锦心绣口。”

虽然有着这般男儿的性格，但是史湘云同样能够吟出“萧疏篱畔科头坐，清冷香中抱膝吟”的句子，妩媚中的风流倜傥，让这个女儿充满了魅力。

通过这首《对菊》就能够看出史湘云如上的性格特征，这个美人儿是豪爽的。就像曹雪芹在书中写的一样，她是一个极喜欢说话的“话口袋子”，对人对事都表现出了不一般的热情。香菱打算学诗的时候，不敢求教薛宝钗，于是找到史湘云，她非常开心，“越发高兴了，没日没夜，高谈阔论起来。”因为这件事情薛宝钗批评她没有女儿的本分，但是史湘云丝毫不在乎这些。

来到贾府之后，史湘云和宝钗同住，逐渐受到宝钗影响，有了一些封建礼教思想。有一次，她就劝贾宝玉，让他走“仕途经济之道”，贾宝玉不吃这一套，于是给她下了逐客令。

史湘云也是一个才华横溢的女子，她才思敏捷，无论芦雪庵联句，还是凹晶馆联句以及每次诗社赛诗，史湘云都是做得最快、做得最多的人，这一点不仅表现了她的才华横溢，同时也展现了她潇洒的风格。在咏白海棠时，她迟到了，在别人将意思几乎快说完的时候，她居然一连作了两首诗，而且首首别致新颖，充满意境，赢得了众人的赞赏。芦雪庵联诗时，饮完酒、吃完鹿肉的湘云诗兴大作，争联既多且好，居然出现了林黛玉、薛宝钗和薛宝琴共战史湘云的局面，众人都笑说是那块鹿肉的功劳。

在第六十二回“憨湘云醉眠芍药裀”中，大家一起划拳猜枚、饮酒作诗，满庭中红飞翠舞，玉动珠摇，史湘云是最为积极的人。但是在结束散席的时候，大家却找不到她了，就在大家都纷纷猜测的时候，一个小丫鬟笑嘻嘻地走来，她说：“姑娘快瞧，云姑娘吃醉了，图凉快，在山子石后头一块青石板凳上睡着了。”众人走近一看，果然看到史湘云睡在一个石凳子上，已经香梦沉酣，四面芍药花飞了一身，满头脸衣襟上皆是红香散乱。湘云手中的扇子也掉在了地上，被纷纷落下的花瓣所掩埋。湘云是聪明的，她用鲛帕包了一包芍药花瓣枕着，众人上前搀扶，但是其嘴中还是嘟囔着：

“泉香而酒冽，玉碗盛来琥珀光，直饮到，梅梢月上，醉扶归，却为宜会亲友。”

面对这样一个史湘云谁能不爱呢？

但是这样美好的日子终究会过去的，那些充满美好的日子最终如落花般飘落，史湘云最终还是要面对悲剧的结局。

## 脂粉英豪

秋光叠叠复重重，潜度偷移三径中。

窗隔疏灯描远近，篱筛破月锁玲珑。

寒芳留照魂应驻，霜印传神梦也空。

珍重暗香休踏碎，凭谁醉眼认朦胧。

——《菊影》

在偌大的大观园中，林黛玉是一个“病美人”，她孤傲，极具叛逆精神；薛宝钗是“冷美人”，她有才情，善于周旋于各种人情世故中。或许有一些读者不是很喜欢这两位美人，但是对于豪爽豁达的史湘云来说，几乎没有不喜欢她的人。

史湘云是拥有现代气质的美女，她是一个巾帼不让须眉的美人，她也通人情，但更多的时候能够尽情展现自己率真的性格。在史湘云的诗“萧疏林畔科头坐，清冷香中抱膝吟”中充满着浓浓的魏晋风格，所以她的故事中不能没有酒，在她半醉半醒的时候更能够体现出她风流倜傥的一面。

史湘云虽然是贵族小姐出身，但是她不得不做一些女工的针线活养活自已，这些事情史湘云从来没有向别人提及过。林黛玉和史湘云一样是父母双亡，但是林黛玉小时候毕竟享受过一些父母给予的爱，何况到了贾府之后还得到了贾母的照顾，她的境遇要比史湘云强多了，可是她并不如湘云坚强，或许这就是曹雪芹塑造人物的能力，让这样的两个人拥有着不同的魅力。

林黛玉之所以多愁善感，一方面是因为她本身出身于书香门第；另一方面林黛玉从小沾染了一些文人清高的习气，所以她是多愁善感的，甚至有点郁郁寡欢，总是感叹“风霜刀剑严相逼”。

史湘云则不同，虽然此时其境遇已经很一般了，但是她每次来大观园的时候，总是会给小姐丫鬟们带一些礼物，上上下下的关系显得非常融洽，她还喜欢做东，亏得薛宝钗多次帮助，薛宝钗也说过：“说你有心却没心，虽然有心，到底是太直了。”

史湘云所作的《菊影》就有着扑朔迷离的神秘。“秋光叠叠复重重，潜度偷移三径中”，表面上是在写菊花，但是几个叠词的出现让人感觉可疑，摇曳的菊花影子让史湘云陶醉而沉迷。

“窗隔疏灯描远近，篱筛破月锁玲珑”，写出一种凄凉的隔离生活，我们知道史湘云最终的境遇是和丈夫卫若兰分离，这种悲伤和痛苦使得史湘云这样豁达的人也不得不在暗夜中落泪。

这首《菊影》读来让人感觉到了不一样的史湘云，史湘云不是“假小子”，只不过是有着男子豁达情怀的女子，她是柔软的，再怎么豁达的女子同样需要抚慰，需要别人的照顾。

史湘云是具有才情的，她甚至被称为“诗仙”，在大观园的众多女儿中，她后来居上，最终也夺得了诗魁!

《红楼梦》中两次描写到了史湘云的睡姿，一次在上一节中已经分析过，还有一次，史湘云“一把青丝，托于枕畔一幅桃绸被，只齐胸盖着，一弯雪白的膀子，撂在外面”，睡觉时的史湘云不仅有着魏晋风度，同时也具有一副妩媚之感。黛玉葬花是充满诗意的，宝钗扑蝶是憨态可掬的，而史湘云的睡姿显得更随意，更具有“贵妃美”！其嘴里还在念叨着“泉香而酒冽……醉扶归……宜会亲友”，后来黛玉也时常会拿这件事情打趣，“青丝托于枕畔，白臂撂于床沿，梦态决裂，豪睡可人。至鹿肉大嚼，茵药酣眠，尤有千仞振衣，万里濯足之概，更觉豪爽也，不可以千古与。”

# 第六钗

## 云空未必空，只叹无缘

——妙玉的槛外冷梅

妙玉，一个带发修行的尼姑，一个出身官宦人家的小姐，自诩"槛外人"。身在闹市，心出红尘，纵然心动也万般无奈。

## 槛内人，槛外心

气质美如兰，

才华阜比仙。

天生成孤癖人皆罕。

你道是，啖肉食腥膻，

视绮罗俗厌；

却不知太高人愈妒，

过洁世同嫌。

可叹这，青灯古殿人将老；

辜负了，红粉朱楼春色阑。

到头来，依旧是风尘肮脏违心愿。

好一似，无瑕白玉遭泥陷；

又何须，王孙公子叹无缘。

——《世难容》

在大观园里，妙玉是非常特殊的一位。她本身是官宦人家的女儿，因为从小多病，所以皈依佛门，开始了带发修行的生活。邢岫烟曾经评价妙玉说，“为人孤僻，不合时宜”。的确她是一个有很多怪癖的人，比如刘姥姥来到大观园，在栊翠庵喝了一口茶，而妙玉就嫌刘姥姥用过的成窑小盖钟脏，索性就丢了。

妙玉认为自己是“槛外人”，但其实她一直没有迈出尘世的门槛，她的师父在圆寂前曾经规劝她留在京城，到时候自然会有结果。谁知道最后的结果是妙玉被人劫持凌辱。

妙玉因为出身官宦之家，所以从小有了雅洁之气，可是她同样拥有不幸的身世，出家之后不久父母双亡，为了能够看到观音遗迹和贝叶遗文，跟随师父从苏州来到了京城。正值贾府为元春省亲聘请尼姑，于是她“听见长安都中有观音遗迹并贝叶遗文”，最终被请到大观园的栊翠庵。

虽然妙玉有很多怪癖，但是在贾府中尚有邢岫烟、惜春、林黛玉和贾宝玉与其交好，但是几人之间并不是相契无间。妙玉和邢岫烟之间大多是一种师生情，妙玉之前教邢岫烟识字，她未必真心看重邢岫烟；惜春虽然和妙玉有共同语言，但是其本身年龄尚小，两人在一起谈论佛经尚可，要想达到心灵上的沟通，则难于上青天了；林黛玉同样是一个高洁且拥有怪癖的人，或许她们两人之间才能成为知己；而贾宝玉对林黛玉有儿女之情，对妙玉则是一种友情，二人也可能是知己。

妙玉同样是曹雪芹非常珍爱的人物，虽然在前八十回中妙玉只出现了两次。妙玉认为自己是畸零之人，她对政治和权力没有任何的兴趣；对社会和名利更是早已看破。她有些不合群，宁愿享受孤独。她认为自己能够和天地、宇宙、自然和谐相处，所以她是高贵的，是有尊严的，是不可被亵渎的。

对于妙玉的身世，曹雪芹也只是通过别人的之口提到，“她本是苏州人氏，出身仕宦人家。因从小多病，不得已皈依佛门，带发修行”，而她每次在招待客人的时候，都能够拿出连贾府都无法抗衡的古物，由此可见妙玉家的地位甚至要高于贾府。

当然妙玉并不是嫌贫爱富的女子，如果说她嫌贫的话，那她就不会和邢岫烟接触了，当时邢岫烟家中已经非常疾苦，但是两人犹如邢岫烟自己说的“关系极好”。妙玉也不爱富，虽然之前她给贾母用成窑小盖钟泡过茶，但是这并不代表妙玉有意接触贾母，而且给贾母泡茶的水也不是最好的水，之后她就和林黛玉、薛宝钗一起喝茶去了，而这一次无论茶具还是水都要远胜于贾母的。

妙玉是这样一个人，她欣赏谁就会接触谁，她不会因为贾母的地位而巴结贾母，同样她也不会因为邢岫烟家穷而远离她。

我们来看一个鲜明的对比：当贾母等人吃完茶离开栊翠庵

的时候，妙玉“并不甚留，回身便把寺门闭了”；而在第七十六回，在联完诗之后，妙玉将史湘云、林黛玉一直送出门，直到看不到她们的背影时才将寺门关闭了。由这个对比就能够看出妙玉的性格。

不过妙玉也有缺点，那就是有点洁癖，她并不是真心讨厌刘姥姥，只是因为怕脏，所以她会和刘姥姥保持一定的距离。

妙玉是一个很重感情的人，有一次当贾宝玉拿着“槛外人妙玉恭肃遥叩芳辰”的贺帖去找林黛玉的时候，正好遇到了邢岫烟，当时邢岫烟去找妙玉，她不可能没有得到邀请而擅自去栊翠庵，因为妙玉的脾气邢岫烟是知道的，而邢岫烟又是一个聪明灵秀的女孩儿，所以这种贸然拜访的失礼之事她不会去做，那说明妙玉没有忘记邢岫烟的生日。

在送贺帖这件事情上，虽然邢岫烟在和贾宝玉说话的时候批评妙玉“僧不僧，俗不俗，男不男，女不女”，但是她所针对的不是妙玉送贾宝玉贺帖这件事情，邢岫烟所批评的是妙玉在帖子上写别号的事情，通过这一点也能够看出邢岫烟果然是妙玉的知音，她能够理解妙玉的心情和所想。而妙玉的感情也会在诗歌中表露出来，比如中秋夜，她和林黛玉、史湘云联的“十三元”，如果一个不懂得感情的人，又怎么可能完成如此情感丰富的诗歌。

妙玉喜欢庄子，而且对老庄研究颇深；在清苦的修行生活中，她同样有一份属于妙龄女子的情感。妙玉一直在抗争，抗争灭人欲的封建礼教，这本就是妙玉的生存方式。

但是妙玉的很多性格特征是不被当时那个社会所容纳的，而《世难容》就是在唱妙玉的不被接受。

妙玉是一个才华出众的女子，她琴棋书画样样精通，原本会在闺阁中获得幸福，但是很多的不如意压迫着这个弱小的女子。

在"凹晶馆联诗悲寂寞"一回中，林黛玉和史湘云一起赏月作诗，她们尚且要恭恭敬敬地请教妙玉，黛玉还称呼妙玉是"诗仙"，对于林黛玉这样清高的女子怎么可能随便夸赞别人？妙玉有洁癖，刘姥姥站过的地方她都要用水洗刷一下。对于送水人她也不让跨进栊翠庵，她的这些习惯似乎有点不近人情，但是通过她的遭遇和她的身世，我们绝对可以理解她的这种行为。

妙玉是出身官宦之家的大家闺秀，她聪慧无比、美貌脱俗，却自幼与世隔绝，她的苦闷谁又能理解？没有经历过苦闷和寂寞的人无法理解妙玉的心境。而即便这样也就算了，偏偏她住进了大观园，所有的贵族小姐们都可以在花团锦簇的繁华中度日，可自己却只能独守青灯古佛，她是个妙龄女子，是一个需要人怜爱的女子，至少是需要灿烂生活的女子，但是命运给予她的全都是残酷。大观园的女子们日后尚且有一段快乐能够回忆，这段甜蜜的生活尚且能够慰藉她们的一生，但是妙玉呢？

在最后讲道"王孙公子叹无缘"，这个王孙公子或许就是贾宝玉，妙玉对宝玉有着另外一种感情，宝玉尊重她，妙玉也赏识宝玉，可惜这些都只能停留在这里。

“世难容”仅仅三个字就概括了妙玉很多方面的性格，同时也将她曲折的一生展露了出来，妙玉的思想性格是“世难容”的，妙玉的生活道路同样“世难容”。这些不仅包含着发人深思的思想内容，值得几百年之后的读者认真品读，同时其中也蕴含着太多的社会意义，这些同样值得寻味和品读。

妙玉所处的地位很尴尬，她是一个妙龄女子，同时又是一个幽居的尼姑，我们能够在她的身上感受到这个女子处于“槛内”与“槛外”的痛苦和无奈。

不过妙玉似乎也是幸运的，也正是因为她出了家，避免她直接投身于封建政治和礼教的斗争中，在这一点上妙玉是幸运于林黛玉的，年弱多病、少小无依的林黛玉却不得不直接面对这种斗争，她不得不卷入这样的旋涡之中。

宝玉和惜春在最后是看透了红尘，所以他们选择遁入空门，而妙玉的出家是因为她的自幼多病，她作为一个美丽的少女，内心依旧渴望爱情。

在思想上，妙玉喜欢的是庄子，自称“畸零之人”，精弈道，谙音律，举凡花卉盆景，古玩茶饮，无一不是高水平。妙玉喝茶要讲究水、茶具，她有自己独到的品位。

妙玉不同于“癞头和尚”、“跛脚道人”的“渺渺”、“茫茫”；也不会有马道婆和张道士们的虚伪、无赖之气。她充满着聪慧的灵气，“气质美如兰，才华阜比仙”，这才是对她的评价；虽然她孤独，但是她高傲，她能够“太高人愈妒，过洁世同嫌”。

虽然处于这种境遇之中，但是妙玉丝毫不掩饰自己对友情、爱情的渴望，这本就是人最大的依赖，她对这种感情依依不舍，所以她无法完全遁入空门，她做着灵魂、肉体上的痛苦挣扎，这样的一个大家闺秀本应该生活在“红粉朱楼”中，但是现在只能在青灯古佛面前守着木鱼和经卷，她的抗争和奋斗都是能够理解的，所以她在傲然看着这个世界的同时，又用自己的一双慧眼寻找着属于自己的归宿，她懂得以此来维护和实现自己的权益。

每日，清冷犹似冬日，在这样的早晨里，妙玉就如同孤院中的寒梅、深山中的石碑，虽然外边的大观园充满着繁华和欢愉，但是一道栊翠庵的大门将此隔成了两个世界，妙玉渴望用自己的方式寻找回属于自己的青春，让自己告别空虚，所以她懂得抗争。

妙玉的感情世界充满着矛盾，她是喜欢宝玉的，但是她面前摆放着礼教条规和孤傲性格的戒尺，于是她克制自己对贾宝玉那种若有若无的情感，然后继续以古怪的个性面对人生。

一个深居于栊翠庵的空门女子，在偶然的时机动了爱的弦音，这种音乐对这样的一个女子来说本应该是福音。但就是这样一个清风一般的女子，最终却被强盗掳掠，这或许又一次验证了她“世难容”的生活道路，而她最终的结局也成了她的“世难容”。

## 庵内一朵梅

欲洁何曾洁，云空未必空。

可怜金玉质，终陷污泥中。

——《判词》

在《红楼梦》的第四十一回，妙玉在“栊翠庵茶品梅花雪”中出现，在这一回中，贾府中几乎所有的头面人物在贾母的带领下造访了栊翠庵。虽然妙玉的出场比较晚，但是她的出现阵势并不弱。

试想贾母是怎样的一个人？她是整个贾府的总管家，每日有多少事情需要她去裁决，她又怎么可能平白无故带着一帮子人去大观园以及栊翠庵？而且贾母是有地位的人，她平常也是深居简出，不到万不得已的时候根本不愿意出门，而此时的到来，很明显说明了她所到之处的重要性。本来大观园是皇妃省亲居住过的地方，这种地方自然是马虎不得的。

既然妙玉如此重要，可是在《红楼梦》的前八十回很少有对妙玉的描写，尤其是其思想活动和内心世界的描写，《红楼梦》在描写人物上，大多选择用诗词的方式展现出来，要想了解一个人就需要对这个人的诗词做一个通透的分析，尤其是妙玉这种话语本就很少的人。

在中秋的晚上，史湘云和林黛玉到凹晶馆去联诗，两人一个说“寒塘渡鹤影”，一个是“冷月葬花魂”。此时妙玉出现了，林黛玉一直很尊敬她，于是说：“平时我们都不敢请教你，正好今天你难得有这个雅兴出来，你看看，我俩写的诗行不行？不行的地方你给我们改一改，实在不行就不要了，你给续几句。”要知道林黛玉、薛宝钗和史湘云都是诗社的魁首，而且林黛玉本人很孤傲，此时如此推崇妙玉，由此可见妙玉的诗歌该是如何。

妙玉的兴致也很高。“歧熟焉忘径”，是说其对歧路和岔路都非常了解，自然更不会忘记人生的大路；“泉知不问源”，对于泉水的来龙去脉，其同样非常清楚，所以她也知道源头在什么地方。简单的两句道出妙玉对人生看得非常清楚，能够辨别歧途，能够认识本源，绝对不会轻易迷失方向，所以脂评妙玉是：“妙卿身世不凡，心性高深。”接着妙玉的诗词是“有兴悲何继，无愁意岂烦”，其有高雅的兴趣，所以悲愁就无法乘虚而入了；其没有任何的忧愁，自然也不会有心烦意乱的时候，按道理这样的一个人是不会轻易走火入魔的。“芳情只自遣，雅趣向谁言？”其本来有着高雅的志趣，但是这些又能够给谁说呢？她的内心世界是极其丰富的，但是没有人能够理解她，而且她也没有办法向别人诉说，就算是碰到了贾宝玉，她虽然产生了不一样的感情，但又能怎么样呢？

此处似乎和妙玉的判词“欲洁何曾洁，云空未必空”对应了，前半句可以理解为妙玉有洁癖，但是最终却不能得到高洁；而后面半句，是在写妙玉虽然是一个尼姑，但是她的内心还是有着对感情的向往。前面也已经说过妙玉喜欢的是庄子，她是属于庄子那一类超凡脱俗的高士。她是居住在大观园里的高士，她在精神世界上、学问方面都超过了大观园中很多的女子。

妙玉是大观园中的佼佼者，她嫌弃世俗，宁愿躲避这一切的不清净，她有洁癖，就连刘姥姥用过的杯子都会丢弃，但是在当时那样的社会根本就没有她的容身之地，命运却给她安排了最不洁净的结局。其实从妙玉的“带发修行”就能够看出她的内心根本无法放下尘世，她的尘心根本就没有彻底了断。

第六十三回时，贾宝玉过生日，妙玉特地送了他一张拜帖，上面写道：“槛外人妙玉恭肃遥叩芳辰。”在当时那个社会，一个幽居古佛前的妙龄尼姑给一个贵族公子哥写这样的拜帖本身就是很荒唐、很不能被人们所接受的事情，从这样的举动我们似乎能够看到妙玉对贾宝玉的爱慕之情。而曹雪芹在这个地方的描写并不是丑化妙玉，更不是描写妙玉的不守清规，而是对妙玉的同情或者怜惜，那是一个残酷的时代，一个才貌双全的女子却只能躲避在冷冷清清的古庙中过活，所以曹雪芹起了恻隐之心，他要给予妙玉人的灵魂，让妙玉有人世间的情爱，人世间的情爱本就是最为高尚的东西。

关于妙玉最终的结局有两种说法，一种是高鹗续书中写的被强盗抢掳而去；而根据脂批的，“他日瓜洲渡口，各示劝惩，红颜固不能不屈从枯骨，岂不哀哉！”推测起来，应该是最终她在贾府败落之后流落到瓜洲，而被某个老头买去做了小妾。不管这是哪一个结局都充满了悲哀。

妙玉就好比是栊翠庵内的一朵梅花，在滴水成冰的寒冷环境中开花，她是有感情的、她是忘不了世俗之情的。梅花能够冲破冰雪的禁锢，能够在寒冬中怒放，从而发出不一般的香味，这就好比是妙玉的气质，不仅高洁而且倔强。梅花的枝条就像是蟠龙一般，曲折而又遒劲有力，这一点暗示了妙玉同样有着被扭曲但是永不服输的灵魂。而通过梅花胭脂般的殷红也说明了妙玉本身的娇艳以及内心所拥有的温馨。妙玉是一个身处佛门的尼姑，但是她却也是一个心恋红尘的妙龄女子，她和雪中的梅花融为一体，在寒冬中展现着自己非凡的品质。她内心深处的人性力量是无法战胜的，她内心的感情像梅花一样在寒风中怒放。妙玉就是这样一个似乎永远没有离开过尘世，但又似乎生活在尘世之外的女子，她将自己的一点点情感束缚在忽隐忽现的幻想之中，这是朦胧的美感，或许正是这种朦胧让几百年之后的人们能够无法忘却，进而一点点走进她的内心世界，品读大观园中这个不一般的奇女子。

妙玉的感情主要表现在贾宝玉身上，从第四十一回“栊翠庵茶品梅花雪”中就展露出来。她的感情是美好的，但是她却只能以“偷偷摸摸”的方式进行，这是妙玉的烦恼，恐怕这也是多少女子的梦魇。

“那妙玉便把宝钗和黛玉的衣襟一拉，二人随他出去，宝玉悄悄地随后跟了来……又见妙玉另拿了两只杯来。一个旁边有一耳，杯上镌着‘[分瓜] 爮斝’三个隶字，后有一行小真字是‘晋王恺珍玩’，又有‘宋元丰五年四月眉山苏轼见于秘府’一行小字。妙玉便斟了一斝，递与宝钗。那一只形似钵而小，也有三个垂珠篆字，镌着‘点犀乔’。妙玉斟了一盉与黛玉。仍将前番自己常日吃茶的那只绿玉斗来斟与宝玉。”这里将妙玉虽然身在佛门，但是向往凡尘的内心世界刻画得淋漓尽致，或许她邀请林黛玉和薛宝钗来喝茶是出于一种真诚，但是在这种真诚之后隐藏着其他秘密，她渴望邀请到贾宝玉。要知道虽然妙玉是一个特立独行的倔强者，但是她并不敢贸然将一个男子引入自己的闺阁，更何况她还有着“一身袈裟”。她知道贾宝玉和林黛玉几乎是形影不离的，所以她邀请来了薛宝钗和林黛玉，自然贾宝玉就能够来了。

而在品茶的时候有这样一个细节描写，当时虽然妙玉只有两个最为珍奇的茶具，可是其他名贵的茶具应该不少，但她居然“仍将前番自己常日吃茶的那只绿玉斗来斟与宝玉”，妙玉是一个有洁癖的人，前次贾宝玉说要将茶杯送给刘姥姥的时候，她说：“这也罢了，幸而那杯子是我没吃过的，若我使过，我就砸碎了也不能给他。”可是这一次，贾宝玉却能够用妙玉“常日”使用的茶具饮茶，而且在句子中还用到了一个“仍”字，说明已经不是第一次了，更何况贾宝玉还是一个未出家之人，难免在他的唇齿之间沾染着酒肉味道，但是妙玉却丝毫不嫌弃这些，由此可见妙玉对贾宝玉的感情的确不同一般。

“[分瓜] 瓟斝”杯与“点犀乔”是非常珍奇而又宝贵的茶具，而通过这些的衬托更能够体现妙玉将绿玉斗斟茶给宝玉的珍贵。妙玉也是通过这一步勇敢地向世俗挑战，迈开了追求自己梦想的第一步。不过贾宝玉似乎并没有领会到妙玉的良苦用心以及爱慕之情，贾宝玉说：“常言‘世法平等’，他两个就用那样古玩奇珍，我就是个俗器了。”这句话似乎刺痛了妙玉，而这句话同样也提醒了妙玉，所以妙玉才会说：“这是俗器？不是我说狂话，只怕你家里未必找得出这么一个俗器来呢。”

接着妙玉用一只九曲十杯一百二十节蟠虬整雕竹根的大盏来代替绿玉斗，在发表了一番言论之后，又说：“你这遭吃的茶是托他两个福，独你来了，我是不给你吃的。”她这番话有点“此地无银三百两”，妙玉是一番真心对贾宝玉，但又不得不用其他方式掩盖自己的真情。

而在第五十回“芦雪庵争联即景诗”中，贾宝玉因为落第，李纨让他去栊翠庵折一枝梅花来，本来李纨还要派人跟他去，但是林黛玉忙阻拦道：“不必，有了人反不得了。”聪明的林黛玉在上回品茶的时候已经感觉到了妙玉的感情，在这一点上贾宝玉是愚钝的，他丝毫没有察觉到，还说“不求大士瓶中露，为乞嫦娥槛外梅”，在他的内心深处还认为妙玉是一个高不可攀的高洁之士，无法和自己有更为亲近的接触。在这一回中妙玉并没有亲自出现，但是这种烘托却更有效果，对于折梅的过程，贾宝玉只是轻描淡写的一句，“也不知费了我多少精神”，倒是对梅花进行了详细的描述，“只有二尺来高，旁有一横枝纵横而出，约有五六尺长，其间小枝分歧，或如蟠螭，或如僵蚓，或孤削如笔，或密聚如林，花吐胭脂，香欺兰蕙，各各称赏”。很明显这些句子都在写梅花，但又都在写妙玉，句句离不开妙玉。

妙玉有着高贵的人格和才华，而最终却亦是悲剧结局。邢岫烟的“魂飞庾岭春难辨，霞隔罗浮梦未通”，借助隋朝赵师雄在罗浮山碰到梅花仙女的故事，暗示了妙玉就是那梅花仙女，表明了妙玉同样有着思春的心情；而至于“冻脸有痕皆是血，酸心无恨亦成灰”，则写出了妙玉孤独地面对寒冷和风霜的艰辛，以及她内心深处的痛苦和无奈。

妙玉在感情上的付出并没有得到贾宝玉的回报，这让她更为痛苦，她开始变得焦躁不安，所以在第六十三回“寿怡红群芳开夜宴”中，她决定再次主动出击。

宝玉、宝琴、岫烟、平儿四个人的生日在同一天，邢岫烟和妙玉相处已经有很多年了，而她们之间还有一定的师生之情，在过生日的这一天，妙玉对她的表达并不是很多，倒是送了贾宝玉一份贺帖，当然前文中已经描述过妙玉并没有忘记这一天也是邢岫烟的生日，可是毕竟这份妙玉亲手书写的粉笺意义非凡，由此足以看出妙玉的情窦初开，以及她对贾宝玉非同一般的感情，这是她又一次主动向贾宝玉表达自己的一片真心，但是贾宝玉这一次同样没有体会到妙玉的一番心思，这也预示了妙玉最终无法获得真正爱情的结局。

在第八十七回“感秋深抚琴悲往事，坐禅寂走火入邪魔”中，在风清月白之夕，妙玉和贾宝玉在惜春那里相见，妙玉看到贾宝玉之后“忽然把脸一红”而且“微微把眼一抬，看了宝玉一眼，复又低下头去，那脸上的颜色渐渐红晕起来”，然后痴痴地问贾宝玉：“你从何来?”贾宝玉也不知道该怎么回答，倒是先红了脸，此时一旁的惜春打趣，妙玉才知道自己脸红了，她马上表示自己要回家，在潇湘馆四周，她和贾宝玉一起听到了林黛玉在弹琴，回到禅堂之后，“忽想起日间宝玉之言，不觉一阵心跳耳热”，后来竟至于“神不守舍，一时如万马奔驰”，最终妙玉精神错乱，有了走火入魔的征兆，生了一场大病。这一次就是因为妙玉无法压抑自己内心对

## 懦弱造成的悲剧

中山狼，无情兽，全不念当日根由。
一味的骄奢淫荡贪欢媾。
觑着那，侯门艳质同蒲柳；
作践的，公府千金似下流。
叹芳魂艳魄，一载荡悠悠。

——《喜冤家》

迎春是一个懦弱的女孩，就像兴儿说的，“二姑娘的诨名是‘二木头’，戳一针也不知嗳哟一声。”

贾府中的所有女孩都有一个专长，而元春、迎春、探春、惜春四个人分别对应的是琴棋书画，迎春擅长下棋，虽然在《红楼梦》中很少提到，但是通过丫鬟们的对话可以得知。但是在吟诗作对上，迎春则处于下风，她在这方面的资质平平。而在为人处世上她只知道一味退让，任人欺负。

迎春所积攒下来的金凤首饰被下人们拿去赌钱，她也不去追究，别人想办法替她追回，她却说："宁可没有了，又何必生气。"在抄检大观园的时候，迎春的丫头司棋因为和表弟私密往来，被查抄出了罪证，眼看要被驱逐出大观园，司棋此时百般央求迎春，但是迎春无动于衷，听任司棋被驱逐。迎春的父亲贾赦因为欠了孙家五千两银子，所以她只能嫁给孙绍祖，其实她的出嫁就是为了抵债，出嫁不久，她就被孙绍祖虐待而死，所以迎春也注定没有好的命运。

与孙绍祖的婚姻悲剧是多方面的，一方面是因为父亲贾赦对女儿不管不问，另一方面是贾母和贾赦的矛盾导致了这场悲剧。兄长贾琏对这个妹妹也没有什么感情，而迎春本人又是一个懦弱无能的人，所以她只能接受这样的命运，通过迎春的悲剧婚姻也能够看出贾府的每况愈下。

《喜冤家》就是指在错误的婚姻中配上了冤家对头。迎春的悲剧是她的父亲贾赦一手造成的，按照孙绍祖的说法，是贾家花了孙家的五千两银子，最终拿迎春来抵债，而曹雪芹先生也是用"中山狼"来形容孙绍祖，显然他是一个不折不扣的混蛋。孙绍祖"一味好色，好赌酗酒，家中所有的媳妇丫头将及淫遍"。迎春曾经规劝过他两次，而他却骂迎春是"酯汁老婆拧出来的"，"好不好，打一顿撵在下房里睡去！”孙绍祖完全是一副流氓无赖相，迎春这位大观园中的千金怎么能够忍受这些，回到家中之后她也只能是哭哭啼啼，王夫人则规劝她说：“我的儿，这也是你的命。”迎春也只能提出一点很可怜的要求，她希望“还得在园里旧房子里住得三五天，死也甘心了”。等过了几天之后，孙绍祖家的人来接迎春，她也只能“勉强忍情作辞”。曹雪芹的前八十回中没有写到迎春“一载赴黄粱”，而高鹗续写的“还孽债迎女返真元”显得有点草率，真不知道在曹雪芹的笔下，迎春会是如何悲惨。

迎春在性格方面是懦弱的，她和精明能干的探春截然相反，所以也就有了“二木头”的诨名，她在作诗猜谜方面不如其他的姐妹，在为人处世方面同样处处遭受欺负，她对于周围的一切矛盾采取不闻不问的态度。

在《红楼梦》中，迎春看似是被“中山狼，无情兽”所吃掉，但其实真正吞噬迎春的是封建礼法制度，迎春是一个从小失去母爱的女子，她的父亲贾赦和邢夫人对她完全不在乎，而贾赦欠下孙家五千两银子的时候，就想到了用她来抵债，当初很多人都在劝阻这门亲事，但是“大老爷执意不听”，其他人就没有了办法，因为在当时婚姻本就是父母之命。后来迎春回家时哭诉孙家对她的虐待，虽然大家都很伤感，但是也没有办法，因为嫁出去的女儿本就是别人家的人，所以他们只能忍受迎春在狼窝中生活。

大观园中的所有女子中，迎春是封建包办婚姻牺牲品的代表，曹雪芹是通过她的不幸遭遇，从而揭露和控诉了整个封建婚姻制度的罪恶，这种控诉是谁也无法否认的事实。

《红楼梦》揭露了封建婚姻的罪恶，但是这本书的主线并不是反对婚姻不自由，其广泛揭露了封建社会种种的黑暗，其主线是表现四大家族在封建统治阶级内部的斗争，只不过是通过贾府这样一个缩影来表现，虽然整本书一直在写儿女情长，但是这些只是手段，而不是最终的目的。

迎春本应该是惹人怜爱的，她在第三回合中迎接林黛玉到贾府时，和探春、惜春同时出场，《红楼梦》中描写她是“肌肤微丰，合中身材，腮凝新荔，鼻腻鹅脂，温柔沉默，观之可亲”。通过这些语言的描述，可以看出她是一个非常漂亮的女子，不仅漂亮，而且温柔，所以“观之可亲”。她的身世和探春差不多，因为她们都是庶出，但是在性格方面却差了很多。虽然迎春美丽善良，但是她天性懦弱，更缺少才情，对于周围的一切事情都不闻不问。

在整部《红楼梦》中，迎春的出现频率并不低，但是她一直是配角，她的故事主要集中在第七十三回到七十七回之间，以及后四十回中她嫁给孙绍祖被折磨致死。

在第七十三回中，贾母听说园中有人赌牌，非常生气，在痛斥之后，她就责令对为首的几个人“每人四十大板，撵出，总不许再入”。其中就有迎春的乳母。乳母做出了这样的丑行，受到惩罚，对于迎春本人来说也是非常丢人的。所以“黛玉、宝钗、探春等见迎春乳母如此，也是物伤其类的意思，遂都起身笑向贾母讨情”，但是贾母并不买他们的账，她说：“你们不知。大约这些奶子们，一个个仗着奶过哥儿姐儿，原比别人有些体面，他们就生事，比别人更可恶，专管调唆主子护短偏向……你们别管，我自有道理。”

迎春的乳母被惩罚，迎春虽然心中不自在，但是当邢夫人责备她“你也不说说她”，迎春也只是说：“我说她两次，她不听也无法。况且她是妈妈，只有她说我的，没有我说她的。”通过这段对话可以看出迎春的懦弱，等到邢夫人离开之后，迎春身边的丫鬟绣桔好心提醒迎春攒珠累金凤被盗的事。

迎春自然知道乳母偷盗了累金凤，但就是想“息事宁人”。绣桔实在忍无可忍，提出要到“二奶奶房里将此事回了他”。迎春乳母的儿媳此时听说绣桔要到王熙凤那里告状，于是反守为攻，她承认了是婆婆偷盗了累金凤，但是她表示可以将此赎回，只不过条件是要迎春到贾母那里去求情，迎春则立刻拒绝了这个要求，她说：“好嫂子，你趁早打了这个妄想，要等我去说情儿，等到明年也不中用的。方才连宝姐姐林妹妹大伙儿说情，老太太还不依，何况是我一个人，我自已愧还愧不来，反去讨臊去。”

绣桔是聪明的，她指出：“赎金凤是一件事，说情是一件事，别绞在一起说。难道姑娘不去说情，你就不赎了不成？嫂子且取了金凤来再说。”一个是聪明伶俐的丫鬟绣桔，一个是糊涂懦弱的主子迎春，通过对比就能够看出迎春的无能了。乳母的儿媳看到迎春没有通融的余地，而绣桔又揭发了自己要挟迎春的底，索性恼羞成怒，居然说出了迎春占了他们便宜的话，花了他们的银子，还将邢夫人牵扯了进来，绣桔勃然大怒，她要和乳母的儿媳好好算算账，但是迎春又上前制止说："罢，罢，罢，你不能拿了金凤来，不要牵三扯四地乱嚷。我也不要那金凤了，便是太太们问时，我说丢了，也妨碍不着你什么的，出去歇息歇息倒好。"绣桔听到这段话的时候，又是生气，又是着急，她生气小姐的懦弱无能、不辨是非，任凭坏人为非作歹；同时又着急自己本是小姐身边的丫鬟，如果累金凤失窃，自然和自己脱不了干系。但是作为丫鬟，她也没有什么办法，只能接受这样的事实。

此时，迎春的大丫头司棋从病中勉强爬起来帮助绣桔，然而就在这种激烈的争执中，迎春居然"自拿了一本《太上感应篇》来看"！

紧接着就出现了抄检大观园的事情。

抄检大观园在多处进行，最后来到了迎春的住处，而恰巧迎春的大丫头司棋有罪证，一个绣春囊正是司棋和恋人表弟潘又安之间的私物。

等到忙过了中秋节，王夫人来处理抄检大观园的事情，自然司棋要被驱赶出去，司棋毕竟是跟随迎春很多年的丫鬟，司棋被驱逐出去，迎春自然有很多不舍，而司棋“也曾求了迎春，实指望迎春能死保赦下的”，但是迎春一则“语言迟慢，耳软心活，不能做主”，二则“事关风化，无可如何”，最终她什么话都没有说，只能看着司棋被带走了，司棋在临走的时候哭着说：“姑娘好狠心，哄了我这两日，如今怎么连一句话也没有？”

迎春是“狠心”吗？不是，迎春就是这样懦弱的人，对于别人的事情她永远都是一言不发。那么作为贾府中的一位小姐，为什么她有这样的人格特征呢？其原因还是她庶出的身世、险恶的处境。迎春的命运本就是悲惨的，她的父亲贾赦是一个贪财好色之人，母亲邢夫人更是性格孤僻，而生母早亡让她丧失了诉说的地方，她的婚姻大事也只能由父亲独断专行。

在出嫁之后，随从迎春的奶娘回贾府请安的时候说：“说起孙绍祖甚属不端，姑娘唯有背地里淌眼抹泪的，只要接了来家散诞两日。”等到将迎春接回家之后，迎春“哭哭啼啼在王夫人房中诉委曲，说孙绍祖一味好色，好赌酗酒……”说得王夫人及众姊妹无不落泪。在迎春的心中想念着众位姐妹，挂念着她在大观园中居住过的房子，所以她渴望在那里再居住几天。

再到后来，贾母也生病了，且“日重一日，延医调治不效”的情况下，迎春病重的消息也传回了贾府，贾母听说之后非常悲伤，不久“外头的人已传进来说：‘二姑奶奶死’”。因为此时贾母病重，所以贾府的人都不便离开，最终迎春的后事也只能是“容孙家草草完结”。

迎春“温柔沉默，观之可亲”，本是一个人见人怜的姑娘，但是最终却就这样结束了自己短暂的一生。

## 一载赴黄粱

子系中山狼，得志便猖狂。

金闺花柳质，一载赴黄粱。

——《判词》

迎春在整部《红楼梦》中只能算是配角，她的出场次数不是特别多。在后四十回中主要是写她嫁给了“中山狼”孙绍祖，然后被蹂躏致死，其他没有什么特殊的情节。而在前八十回中，她也没有特殊的情节，只有在“懦小姐不问累金凤”中，将她作为主角来表现其性格懦弱的一面，林黛玉说迎春是“虎狼屯于阶陛尚谈因果”，也就是说当野兽都蹲在门口了，她还能够在房间中说一些因果报应的空话，她就是这样一个人。

虽然迎春和探春一样，都是庶出，但是在《红楼梦》中却看不到她因为这一点而遭受歧视或者自己的自卑，显然这一点是曹雪芹故意回避了，因为他没有必要在作品中塑造两个几乎相同的人物，在塑造迎春上更多的是表现她性格懦弱的一面，而不是她庶出的背景。

曹雪芹是找到一个原型才开始塑造迎春这个人物的。

迎春的原型很有可能是曹雪芹伯父的女儿，曹雪芹将生活中的这个原型大胆地用在了《红楼梦》中，在艺术创作和生活面前，曹雪芹最终牺牲了虚构的合理性，而是尊重了生活的真实性。在写作中当生活和虚构出现矛盾的时候，虚构被抛弃是很合理的一种做法，如果不是这种抛弃，我们又怎能看到迎春的悲剧性结局？这不是在玩文字游戏，而是属于一种艺术处理。

迎春的身份其实比较简单，她是贾赦的女儿，之后被贾政养着而已，这就是她身世的真实记录。迎春的命运是被动的，在任何事情上她都不能自主，甚至她一度自己放弃了自主，任何偶然的因素都会影响到她的命运，而她对此没有任何办法。在第二十二回中，迎春做了灯谜诗，“天运人功理不穷，有功无运也难逢；因何镇日乱纷纷？只因阴阳数不同。”她的谜底是算盘。贾政虽然猜出了这个谜底，但是他内心在思考，元春所作的是爆竹，是一响而散的物品；迎春所作的是算盘，是打动乱如麻的物品；探春所作的是风筝，是飘飘荡荡的物品；惜春所作的是海灯，也是清净孤独的物品。本来是上元佳节，没有想到几位姑娘所作的灯谜谜底都是不吉祥的物品，贾政在此处想着想着就非常生气。这首算盘的灯谜诗不是说迎春多么能算计，只是在说她的一生都被别人所算计，她没有想过算计别人，只求别人能够少算计她一点，她就已经很满足了。

在第三十七回中，探春发起组织了海棠诗社，由迎春担任副社长，主要职责是限韵，此时她说："依我说，也不必随一人出题限韵，竟是拈阄公道。"之后她果然采取了这个方法，她走到书架前，然后随意抽出一本诗书来，随手一揭，是一首七律诗，于是就定下来之后大家要写的就是七律。然后她对一个小丫头说："你随口说一个字来。"当时那个小丫头正好依靠着门，她就说了一个"门"字，于是迎春就宣布大家的七律要用的就是"门"字韵，接着又定了"盆"、"魂"、"痕"、"昏"四个字。这些看起来是非常随意的事情，只是大观园的女儿们在一起结社写诗的过程，但其实曹雪芹是想通过这个过程来塑造迎春的性格。

迎春是一个懦弱的小姐，可以说她是大观园中的弱势群体，她的唯一向往就是能够通过抓阄这种偶然的方式确定自己的命运，这种做法显得危险，但又无可奈何。

在前八十回中，元妃省亲的时候，迎春还曾经做了一首“颂圣诗”——《旷性怡情》，内容是这样的：“园成景备特精奇，奉命羞题额旷怡；谁信世间有此境，游来宁不畅神思?”通过这首诗可以看出迎春理想化的生活非常简单，就是能够在安静中独享着自己的思想，她没有触犯别人的想法，但也希望别人不要来触犯她，这样就能够让她过得很好，她就能够舒心自在了，可就是这样最基本的要求，命运也最终没有赏赐给她。

迎春在大观园中显得很普通，她不是其中的佼佼者，甚至很平庸而被别人忽略，但是她和元春、探春、惜春一起构建了《红楼梦》的一条主线，她在书中是不可或缺的角色，迎春的性格善良而又懦弱，是一个典型的恪守封建礼教的女子，她或许就是那个时代所塑造出来的“温婉、柔顺”的女子。迎春所具有的懦弱和缺乏主见的性格特点，也导致了她悲惨的命运；而导致她红颜薄命的罪魁祸首，则是罪恶的封建婚姻制度与不合理的封建家族礼法制度。

我们很容易将迎春与“懦弱”这个词语联系在一起，不能说迎春的命运是最悲惨的，但起码她的命运已经非常悲惨，上文中已经分析过，封建的礼教、迎春自身的懦弱是导致她悲惨命运的原因，或许这些迎春都能够避免或者抗争，但又能怎么样呢？探春是抗争过的，原本以为她可以拥有好的结局，可还不是远嫁他乡，只不过是比迎春稍微好一些罢了。

就像在判词中写的一样，迎春日后的生活是悲惨的，她的命运最终是“一载赴黄粱”。

# 第八钗

## 三春亦看破，了悟人生

——惜春的遁入空门

惜春的一生是不属于自己的一生，失去怜爱造就了她的孤僻、冷漠，而这却反而保护了自己的性格。春荣秋谢，生关死劫，了悟是福。

## 走上了悟之路

将那三春看破，桃红柳绿待如何？
把这韶华打灭，觅那清淡天和。
说什么，天上夭桃盛，云中杏蕊多。
到头来，谁把秋捱过？
则看那，白杨村里人呜咽，青枫林下鬼吟哦。
更兼着，连天衰草遮坟墓。
这的是，昨贫今富人劳碌，春荣秋谢花折磨。
似这般，生关死劫谁能躲？
闻说道，西方宝树唤婆娑，上结着长生果。

——《虚花悟》

大观园的所有女子中惜春是最小的，她生得“身量未足，形容尚小”。正是因为这个原因，我们从《红楼梦》的前半部分尚且看不出她的思想特征，人们能够看到其最大的特征就是擅长作画，曾受贾母邀请绘画了《大观园行乐图》。在诗歌方面她并不擅长，但是也参加到诗社中，受到李纨的邀请而负责“誊录监场”，雅号“藕榭”，因为她在大观园中的卧房名为“藕香榭”，来人未进藕香榭的门便能感到一股温香拂面而来。

惜春也是一个懂得雅趣的人，所以她和妙玉的关系很好，如同清朝人王雪香在《石头记论赞》中说的一样：“人不奇则不清，不僻则不净，以知清净法门，皆奇僻性人也。”

在大观园中和惜春关系较好的，大多数都是出家人。她的性格也很孤僻，所以她能够和妙玉志趣相投。

不过惜春也是一个绝情之人，在抄检大观园的时候，她的丫头入画因为私传东西而受到谴责，此时惜春不但不为入画辩解或者求情，反而催促着“或打，或杀，或卖，快带了她去”。

惜春还说过：“古人说得好，‘善恶生死，父子不能有所勖助’……我只知道保得住我就够了，不管你们。”还说过，“不作狠心人，难得自了汉。”她追求的是自己的清白，至于别人她就不管不问了。她有着极端个人主义，而她的这种极端已经让她在无形中成了一个“心狠意狠的人”，而她所有的这些个性特征都是在逃避现实，她渴望从精神上解脱自己。最终曹雪芹让惜春目睹了贾府的衰败之后，走上了“了悟”之路，从而让她躲过了“生关死劫”。

不过惜春不总是冷冰冰的，她也有可爱的一面。在第四十回中，刘姥姥说自己是“老刘，老刘，食量大如牛，吃一个老母猪不抬头”，在座的所有人都笑了，而惜春离开了座位，然后拉着自己的奶娘，让揉一揉她的肠子。这是全书中惜春唯一的一次撒娇，通过这个细节的描写我们可以看出惜春可爱的、属于孩子的一面，但是这种情景太少了。

这首《虚花悟》就是唱惜春的，她彻底明白了荣华富贵的含义，她知道这些都是虚幻没有根据的东西。

《虚花悟》在最开始就极力渲染荣华富贵在转瞬间就会消失，任何人都不要执迷不悟，惜春从中悟出了这个道理。

在第七回中周瑞家的给惜春送花，然后她笑着说：“我这里正和智能说，我明儿也剃了头同她作姑子去呢，可巧又送了花儿来；若剃了头，可把这花儿戴在哪里呢?”这个细节写得很妙，惜春怎么那么一点年纪就想到了“剃头”做“姑子”?如果说她在少年时期经受了太多的挫折，那尚且可以理解，而惜春这样一个并没有受过挫折的贵族女子在这种本该天真烂漫的年纪居然有这样的想法，可见曹雪芹的用意之深。

在第七十四回中，惜春和嫂子尤氏有了一场口角，惜春非常生气地说：“我只知道保得住我就够了，不管你们。从此以后，你们有事别累我!”她的想法是要和宁国府的肮脏生活划清界限。尤氏则讽刺她说：“可知你是个心冷口冷心狠意狠的人。”惜春就说：

“古人也曾说的，‘不作狠心人，难得自了汉’。我清清白白的一个人，为什么教你们带累坏了我！”惜春的反唇相讥正好刺中了尤氏的痛处，于是她就不能再说下去了。通过这个语言描写，可以想到出家为尼或许是惜春对这个混浊的社会做出的最大抗议，同时也是她能够采取的唯一抗议形式。

“将那三春看破，桃红柳绿待如何？”在《红楼梦》中，元春被送到了宫中，在那个“不得见人”的地方元春担负着光宗耀祖的任务，而她最终在这里葬送了自己的青春和生命；迎春被父亲贾赦抵债到孙绍祖家，也就一年的时间就被折磨致死；探春是有远大志向的，但是她毕竟是庶出，所以最终犹如断线的风筝一般远嫁他乡。惜春的三个姐姐都没有幸福的婚姻，而此时的贾府也开始衰落，她开始担心自己的未来和命运，现实生活对她来说已经失去了兴趣和意义，也没有了任何的吸引力，于是她逐渐开始有了弃世的念头。因为现实的压榨，使得这个原本应该天真烂漫的孩子变得孤僻和冷漠，丝毫不懂得关心他人，她的这种世界观本就是带有利己色彩的。别人评价惜春是“心冷口冷的人”，她自己也是以“我只知道保得住我就够了”来明哲保身。

哀莫大于心死，那么此时对于惜春来说，最好的结局或许就是遁入空门，了却一切红尘之念。这首曲子就表达了惜春对现实生活的无奈和心灰意冷，无论“韶华春光”、“夭桃红心”，还是“荣华富贵”，这些都会转瞬即逝，所以惜春愿意选择一条逃避现实的道路。

贾惜春是真正愿意披缁为尼的人，当然这也不是说惜春有多么高的境界和领悟能力，只不过是种种客观和主观的原因最终导致了她的这种结局。惜春是贾府中年龄最小的小姐，当她逐渐开始懂事的时候，贾府以及她所能够接触到的都已经开始衰落，比如四大家族的没落、三个姐姐的悲惨遭遇等，这些都让幼小的惜春开始担忧自己的结局和未来。

在贾府衰亡之后，惜春入庵为尼是其逃避统治阶级内部的倾轧，以及保全自己的必然之路。

在第二回中，“因史老夫人极爱孙女，都跟在祖母这边一处读书。”贾母和惜春的确是祖孙关系，但是其并不是贾母的亲孙女。贾母的丈夫荣国公和惜春的爷爷宁国公是同胞兄弟，而贾敬是贾母的堂侄。在第二十回中，贾珍和尤氏说：“老太太原是老祖宗，我父亲又是侄儿，这样日子，原不敢请他老人家……”从这些确定了惜春是贾母的堂侄孙女，只不过从小寄居在荣国府罢了。

之所以分析惜春的这种出身，是想说明从小寄人篱下的惜春懂得做事谨慎，处处小心，因为任何细微的事情都可能让她受到伤害。比如抄检大观园的那一次，惜春居然逼着凤姐将本没有罪过的入画带走，一方面是因为她的年幼不懂得处理事情，另一方面也看到了她寄人篱下的焦虑无奈和心酸。因为老太太对她的照顾，她才能够和荣国府中的其他小姐们一起读书，吃穿和用度都和她们一样，也正是因为这个原因，使得小小的惜春更加处处小心，生怕自己做错了事情，说错了话。

在抄检大观园中，入画的箱子中的确有“违禁物”，虽然入画解释了原因，但是贾府是一个非常复杂的地方，“一个个都像乌眼鸡，恨不得你吃了我，我吃了你。”于是惜春选择牺牲入画，换来自己的安宁，她不希望不知情的人嚼舌根，从而毁了自己的名声。在第七十回中，荣的两个婆子因为得罪了尤氏，被凤姐捆起来任由尤氏发落，“凭他是什么好奴才，到底错不过这个理去。”这一次犯错的是入画，自然也要受到一定惩罚的。惜春曾经也说过“二嫂子，你要打他，好歹带他出去打罢，我听不惯的”这样的话，说明她并不是一个完全心狠意狠的人，这都是因她寄居在荣所导致。

而惜春的这种寄居的心酸，即便是在自己的父亲和兄长身边同样得不到抚慰。她的父亲贾敬很小的时候就重视访道成仙，在第二回中描写道：“只爱烧丹炼汞，余者一概不在心上。”既然如此，他对惜春的关怀自然会少很多，几乎没有。

在第十回中，贾珍去给过寿的贾敬请安，“兼请太爷家来受一受一家子的礼。太爷因说道‘我是清净惯了的，我不愿意往你们那是非场中去闹去’。”

在第十三回中“那贾敬闻得长孙媳死了，因自为早晚就要飞升，如何肯又回家染了红尘，将前功尽弃呢，因此并不在意，只凭贾珍料理”。连这些在封建社会非常重大的寿辰、丧事他都顾及不了，又怎么会给予惜春任何的父爱关怀呢？

那么贾珍和尤氏又是如何呢？

在《红楼梦》的前八十回中，从来没有提过贾珍和尤氏对惜春的关怀，如果不是在第七十四回中，惜春邀请尤氏到自己的房间，之后又发生口角的话，恐怕人们都会忽略她和贾珍、尤氏之间的关系。

在大观园中得不到亲情关怀的女子多得是，比如林黛玉，但是林黛玉因为父母双亡从而使得亲情缺位。可是惜春有父亲，还有兄长，她被掩盖在一个健全家庭的外衣之下，所以很多读者无法发现惜春的悲伤。

更何况林黛玉是贾母真正的外孙女，她的地位要比惜春体面很多，而因为林黛玉失去了双亲，所以大部分人会给予她一定的同情。而惜春这样一个家庭看起来还健全的女子，却得不到别人的关怀。

在大观园中惜春不是引人注目的人，无论是她的身世、才华、外表，还是其他方面，她在大观园中过得很普通，甚至都没有袭人、平儿她们活得精彩。在第四十二回中，惜春要告假一年，众人都说她是“乐得告假”，而当她说出画园子的困难时，根本就没有人理会她，只有薛宝钗给了她些许的温暖，帮她列出了一个单子，还出了一定主意，可是就算是这些却成了薛宝钗展示知识的契机，也成了林黛玉戏谑玩笑的由头。惜春同样身处繁华之中，但是她在繁华中忍受更多的是落寞，读来只能让人们感到怜惜。

惜春所处的境况、众人对她的态度，使她逐渐明白了世事的冷漠，她的生活也变得越来越平淡了，自然就形成了所谓“冷”的性格。惜春最大的悲剧就在于其心灵的冻结，而这些和她所处的环境有莫大的关系。

而相对来说，惜春是“洁”的，她的这种洁是相对于宁国府的不洁而言的，在宁国府中“贾敬是贾府长房中现存最长一辈，但却是另一类人物，只梦想飞升成仙，可见贾府长房连守业的人也没有了”。等到贾珍开始掌管宁国府的时候，情况并没有得到任何改善，而且变得更加糟糕了。在第二回中，冷子兴提到“这位珍爷哪里肯读书？只一味高乐不了，把宁国府竟翻了过来也没有人敢来管他”，“可见其教育之差！诗礼亦已尽废矣”。

尤氏本是填房，而她本人也是听从惯了的，王熙凤曾经说过她是“又没才干，又没口齿，锯了嘴子的葫芦，就只会一味瞎小心图贤良的名儿！总是他们也不怕你，也不听你”。尤氏尚且这样，其他人就没有办法劝阻贾珍了，而他也就变得更加不顾廉耻和体统了，使得宁国府陷入聚麀之乱。

在第七回中，焦大在酒后痛骂“每日家偷狗戏鸡，爬灰的爬灰，养小叔子的养小叔子”。

在第六十三回中，贾蓉和两位姨娘调情。

在第七十四回中，惜春说：“近日我每每风闻得有人背地里议论什么多少不堪的闲话。”

这些事情都传到了不出闺门的惜春耳朵中，由此可见宁国府的不堪已经到了何种地步？宁国府此时已经是一个不折不扣的肮脏世界，在这里充斥着的是荒淫放荡、酒色弥漫、恣意挥霍。

对于惜春这样一个宁国府的正牌小姐该如何想呢？一个本没有出阁的姑娘，此时只能选择“躲是非的分儿”，所以也就有了第七十四回中“矢孤介杜绝宁国府”的故事。

惜春是“耿直方正，不随流俗”的，也正是这个原因让惜春无法被世人理解，在第七十五回中，探春就说她是“孤介太过”。如果说当着王熙凤的面撵走入画是一种无奈，那么第二天找来尤氏将入画带走，就是借题发挥了。惜春对于宁国府做出的是一种回避和奋力挣扎的态度，因为自己有自卑心理，所以就很担心别人来触碰自己的痛处。惜春本来就想摆脱宁国府的阴影，此时正好入画的事情和宁国府有着一定的联系，索性通过这件事情借题发挥而和自己的兄嫂决裂。惜春说过：“古人说得好‘善恶生死，父子不能有所勖助’，何况你我二人之间。”在这件事情上惜春表现得非常坚决，也是做了一番思考之后做的决定，这也是她通过自己的人生阅历所得出的“真理”，她说出的这些话，做出的这种行为并不是一时冲动，而是受到自己信奉的“真理”所左右。入画、尤氏以及凤姐都开始求情，但是她丝毫不为之所动，坚持了自己的观点，用自己的行动践行了自己的人生态度。在这件事情上有人说她是狠心，有人说她追求“洁”到了一定的境界，但不管怎样，她在这件事情上没有做任何无谓的挣扎，没有做任何的虚假应承，更没有做出任何妥协，她就是要和宁国府彻底决裂，一切和宁国府有关系的，她都要摒弃。

因为惜春内心的“洁”，从而导致了她外表的“冷”。她就是保持着这样一种姿态，要和一切的不洁之物划清界限，誓不和这些事情同流合污，她不愿意堕落，所以她要追求摆脱羁绊，这种心态本没有什么错，只不过是她的心太狠了些。入画的命运就是她心太冷导致的结果，入画成了她和宁国府断绝关系的“殉葬品”。此举不仅划清了她和宁国府之间的关系，同时也保全了她自己，这本就是人的一种本能。而作为一个贵族小姐，只能顾全自己，已经无暇去保护自己的丫鬟，这本就是非常悲哀的事情。

惜春似乎在《红楼梦》中是“洁”和“冷”的代名词，其实在整部书中还有两个这样的人物。在第六十六回中，贾琏说“冷二郎”柳湘莲“最是冷面冷心”的人。尤三姐的死让他非常内疚，之后他受到道士的点拨，最终是破迷悟道，他“万根皆削是无情乃是至情”。他是因为纵情太深而变化为“冷”。惜春却是“被佛心冷结心性”。另外一个就是妙玉，妙玉在“洁”方面简直是到了洁癖的境界，就连刘姥姥用过的茶杯也都会丢弃，妙玉的“洁”已经成了一种怪癖，而惜春在洁的方面不流于形式，她是真心追求身心的“洁”。柳湘莲和妙玉都是出家人，他们各自占据了惜春性格中的一半，所以最终惜春选择出家也是她命运发展的趋势。

这首曲子，通过“悟”写出了惜春的聪明和伶俐，并且有很高的领悟能力。王国维先生说，惜春是观他人之苦痛而获解脱，“唯非常之人为能”，“唯非常之人，由非常之力，而洞观宇宙人生之本质，始知生活与苦痛之不能相离，由是求绝其生活之欲，而得解脱之道”。惜春追求解脱而获得解脱，不得不说她的悟性是高的。

其实这首曲子不仅仅是为了惜春而写，更多地表达了曹雪芹内心深处一种幻灭之后的悲哀，悲观的气氛非常浓烈。

## 最冷的红楼美人

山水横拖千里外，
楼台高起五云中。
园修日月光辉里，
景夺文章造化功。

——《文章造化匾额》

这本是元春省亲时惜春所作，但是在最初她就担心自己的才能不能和其他姐妹相比，所以没有做认真思考而完成的作品，即便在这种场合的惜春也没有多大的兴致，显然这和她的年龄有些不相符，所以《红楼梦》很早就给惜春冠上了“冷”的注解。

薛宝钗是“冷”的，很多人都知道她是《红楼梦》中的冷美人，她生病需要服一种非常特殊的“冷香丸”，她在才情上和林黛玉有所不同，她能够通过礼法要求自己，不会让感性的一面战胜自己的理智。

其实读过几遍《红楼梦》之后就知道薛宝钗的心并不冷，在全书中都展现了她富有同情心的一面。在前文中也描述过，当史湘云要办诗社的时候，她从家中搬出了几大篓又肥又大的螃蟹来，此举为史湘云帮了不小的忙，通过这些我们看不出薛宝钗除了同情之外，还有什么动机；她还将史湘云半夜帮助别人做活儿的事情告诉了袭人，让袭人不要再去央求史湘云做活儿；她还处处帮助邢岫烟……不过这位冷美人在爱情方面显得有点过于理智。

其实在大观园中真正的冷美人还是惜春。

当然在第七十四回“惑奸谗抄检大观园，矢孤介杜绝宁国府”之前，惜春的“出场次数”很少，只是在和智能开玩笑等处出现过。不过惜春“冷”的性格在抄检大观园的过程中暴露无遗，上文中虽然点到过这个情节，但笔者并没有详细分析，我们且仔细来看这一情节。

当凤姐和王善宝家的一同来到蓼风轩时，最终在惜春的丫鬟入画的箱子中翻出了“违禁品”，其实也只不过是贾珍赏赐给入画哥哥的一些东西，无非是一大包金银锞子、一副玉带板子、一包男人的靴袜而已。最开始惜春“吓得不知当有什么事故”，她只能放手让别人搜，而当从入画的箱子中翻出这些东西的时候，她则更加不知所措，于是说：“我竟不知道，这还了得！二嫂子，你要打他，好歹带他出去打罢，我听不惯的。”在这里惜春将自己洗刷干净，然后又强调了这个问题的重要性，此时的惜春先要保全自己，只能牺牲入画了。如同上一节中讲到的，虽然这件事情惜春做得欠缺一些，但是作为一个“寄人篱下”的小姐，为了尽早撇清自己和肮脏的宁国府之间的关系，此时她的选择或许是她能做出的唯一选择，毕竟她不是探春，她也不会抡起巴掌来。

这一段的描写要说惜春是狠心的、自私的都没有错，但当《红楼梦》这样一部巨著放在我们面前分析的时候，我们应该看到四姑娘此时更多的是无奈和叹息。人们习惯于一件事情无法解释或解决的时候，就会找一个替罪羊似的人，这样所有的疑问都解决了，而之后也没有人再去详细过问，只要想到这件事情就会想到这个替罪羊，然后将所有的责任都一股脑儿推到他的头上。惜春就是这样，有些事情本不是她的错，只不过她没有在看到错的时候及时修正，所以责任就是她的了。就比如后文会讲到的秦可卿，贾府的衰败和这样一个弱女子有什么关系，偏偏所有的罪责都归于这个女子。

凤姐是敢作敢为的，她知道如果这些东西真的是贾珍赏赐给入画哥哥的，虽然也触犯了贾府的一些规矩，但这根本没有什么大不了的，凤姐也站出来为入画说话，“这话若果真呢，也倒可恕”，“素日我看他还好。谁没一个错。”她的这些话同样是为惜春而说。

入画是了解她这个心狠意狠的主子的，她苦苦哀求惜春，但是她也明白希望根本不大，此时的惜春为了更明确地和宁国府划清界限，只能对凤姐说：“别饶他这次方可。这里人多，若不拿一个人作法，那些大的听见了，又不知怎样呢。嫂子若饶他，我也不依。”惜春还主动举报很有可能是“后门上的张妈”为他们传递这些东西。

或许是惜春的胆子小、年纪小，没有经历过这种场面，所以在此刻做出这样的举动，但是曹雪芹是塑造人物的高手，他深知这样写还不够将惜春的“冷”展露清楚，索性在这一波还没有彻底平静的时候，又“推波助澜”写了一段尤氏和惜春的争执。入画本是宁国府来的人，惜春就责怪是尤氏对她“管教不严”；接下来又要求尤氏将人带走，还表示“或打，或杀，或卖，我一概不管”。无论是入画，还是尤氏、奶娘都在为之求情，但是一副铁石心肠的惜春不为所动，她完全不顾及与入画的主仆之情，也不顾及尤氏的请求，执意要将入画赶出门。

惜春不但赶出了入画，而且扬言要彻底和宁国府划清界限，以后那边再也不去了。因为她“每每风闻得有人背地里议论什么多少不堪的闲话”。这个时候的惜春更需要保护自己，因为她的处境本就不好，她要明确自己的态度，“我只知道保得住我就够了，不管你们。从此以后，你们有事别累我！”惜春也承认自己心狠，但是此时她没有任何办法，她是一个无奈的棋子，当摆上棋盘的那一刻，她已经束手无策了。

曹雪芹并没有全盘否定惜春的“冷”，而是说“不作狠心人，难得自了汉”，想要成为一个断绝了各种感情纠葛的自由自在的人，恐怕不冷一些是难以做到的。而他在描写惜春“冷”的同时也表露出造成这种性格的客观事实，曹雪芹并没有向惜春一个人宣战，而是在向整个社会宣战，惜春之所以这样，和当时那个社会是分不开的。

最终惜春选择出家或许就能够理解了，因为在尘世中她已经无法找到能够属于自己的空间了，在尘世中她已经无法保护自己。最终她做到了“大彻大悟”。

关于惜春最终选择遁入空门的结局实际上在前文中有很多处铺垫和描述，我们且来看第七十四回中的这一段对话。

惜春冷笑道：“我虽年轻，这话却不年轻。你们不看书，不识几个字，所以都是些呆子，看着明白人，倒说我年轻糊涂！”

尤氏道：“你是状元，榜眼，古今第一个才子。我们是糊涂人，不如你明白，何如?”

惜春道：“状元榜眼难道就没有糊涂的不成。可知他们更有不能了悟的。”

尤氏笑道：“你倒好。才是才子，这会子又作大和尚了，又讲起了悟来了。”

惜春道：“我不了悟，我也舍不得入画了。”

尤氏道：“可知你是心冷口冷心狠意狠的人。”

惜春道：“古人曾也说的‘不作狠心人，难得自了汉’。我清清白白的一个人，为什么教你们带累坏了我!”

通过这段文字我们甚至能够看到惜春身上闪烁着的佛学修养，比如“了悟”这个词语本就是佛学用语，惜春对这些佛家用词能够熟练应用，由此可见佛教思想在她脑海中深深地扎了根，她可以在与嫂子争吵的过程中，熟练驾驭这些词语，这种信手拈来的态度，足以看到她对佛教经典著作领悟之深。

同时也能够看出惜春、尤氏对书本和知识的不同理解。尤氏是一个世俗之人，她本就知识浅薄，在她的眼中，书本就是为了谋取功名的工具，而书本也就只能是“四书五经”，当提到书本的时候她第一时间反应的是功名，而惜春对书本的理解显然要比尤氏高出很多，惜春所指的书是能够让人明心见性的书。在尤氏眼中的才子，在惜春的眼中只不过是糊涂人，惜春对于功名利禄是蔑视的，她从来不凭借状元、榜样等功名来评判一个人的才华。

惜春和尤氏之间的分歧之大也表现了惜春想要得到别人的理解，但是却无法得到而痛苦和无奈。

惜春最终选择遁入空门不是在逃避社会现实，或许是“回避”，她并不担心贾府最终的衰亡，这些在她的眼中已经不算什么了，她本就是一个只愿意保全自己的人。

惜春懂得佛法，所以她深切地知道任何事情都有因果报应，任何事情都是循环往替的，所以她绝对不会去逃避的。惜春是贾府中唯一一个出家的女子，通过曹雪芹在前八十回的描述，我们能够猜出惜春在探春远嫁之前就已经有遁入空门的想法，她用自己的行动践行了明哲保身。她是一个明智的人，她没有贪图贾府的富贵，在最需要离开的时候，离开了这里的繁华，她的这种做法虽然有无奈的情绪，但是多少有些“敢作敢为”，这也更加明确了惜春“冷”的性格特征。

惜春的出家不是“逃避”，我们可以理解是一种自我超脱。不过曹雪芹还是将惜春纳入了“薄命司”，虽然惜春的出家是一种真正的解脱，但是她的命运同样悲苦。王国维也曾经说过：“此书中真正解脱，仅贾宝玉、惜春、紫鹃三人耳。”

在《红楼梦》中最终选择出家的人很多，比如最开始的甄士隐、贾敬、妙玉，再到后来的柳湘莲、芳官等人，还有贾宝玉。但是每个人出家的缘由都不同，都有不同的痛苦。贾宝玉是在经历了贫富沉浮、感情挫败之后，看淡了人生，最终选择大彻大悟，遁入空门；而惜春则是通过看到别人的痛苦而顿悟，她年纪尚小，很多事情她自己都没有经历过，但是仅仅看别人就已经足够了，足够让她顿悟了，她的出家依赖的是她的悟性，她在悟性方面要高于贾宝玉。贾宝玉在没有出家之前总是说自己要出家，而惜春则不同，她很安静，仅仅是在和智能开玩笑的时候说过一次，她是隐忍着的，最终感情爆发了，她也就遁入空门了。惜春和妙玉的出身有些相似，她们都是千金小姐，也都是从富贵之门最终走向了佛门，可是妙玉的出家是迫不得已，上文中已经多次描述到这一点，因为身体多病的原因，妙玉从小带发修行，在妙玉的心中还渴望着感情，她的心还在红尘；但是惜春则不同，她的出家是真正的出家，她的心是虔诚的，是一心向佛的。

就这样，一个看惯了风雨的贵族小姐从此出家！

## 告别红尘，走向青灯古佛

前身色相总无成，

不听菱歌听佛经。

莫道此生沉黑海，

性中自有大光明。

——《春灯谜》

惜春本就是悲哀的。

惜春是贾府“四春”中年龄最小的，她是贾敬的女儿，贾珍的妹妹，母亲早年去世。这样的一个家庭虽然不怎么温馨，但是也还算过得去，但是父亲一直热衷于求道，而哥哥更是无暇顾及这个妹妹的死活，所以她从小留在了贾母身边，和荣的几位姐姐一起长大。惜春从小就失去了亲人给予的亲情，她是一个苦命的小姐。

在第五回中交代了惜春悲惨的一生，以及她最终的命运。《红楼梦》的原文是："后面便是一所古庙，里面有一美人在内看经独坐。其判云：勘破三春景不长，缁衣顿改昔年妆。可怜绣户侯门女，独卧青灯古佛旁。"直接说明这个贵族小姐最终成了青灯古佛面前的一个虔诚者。

在《红楼梦》中多处对此进行了铺垫和暗示。比如上一节中提到的和智能之间的玩笑；她所做的灯谜，"前身色相总无成，不听菱歌听佛经。莫道此生沉黑海，性中自有大光明"等，这些都暗示着惜春最终看破红尘，而选择了青灯古佛前的生活。

在大观园的女子中，可以说惜春最不擅长诗词，她在《红楼梦》中写诗的次数很少，即便写了的也诗意平平，没有佳品出现。不过她喜欢也擅长绘画，贾母指定她画一幅大观园图。她和妙玉的关系很好，有时候会到妙玉那里去下棋，姑且理解她在棋艺方面也不错。她是一个心冷口冷的人，似乎对大观园这种繁华的地方并没有什么留恋，这和妙玉截然相反，一个是处在大观园中，渴望着能够找到解脱；一个居于清寂之地，却渴望着感情。

惜春是一个喜欢"悟"的女子，最终她也在自己的人生中悟出了"真谛"，不过她的这种领悟不是突然之间顿悟的，而是她在贾府从兴盛到衰败、从三位姐姐的婚姻中逐渐看到、逐渐领悟的。她的这种领悟是从感性到理性的过程，所以她最终选择了出家一点也不稀奇。

通过三个姐姐的人生，惜春知道一个人不可能长久享受“桃红柳绿”，比如元春，虽然贵为皇妃，但是连她自己也在说那是“见不得人的去处”，就算是偶尔回家省亲，基本上也是以泪洗面，而她也逃脱不了自己的命运，最终香消玉殒；迎春的一生谨慎小心，最终却嫁给了“中山狼”，而婚后的生活近似于虐待，最终早亡；探春是一个有志气的女子，也是一个有能力的女子，志大才高，但是最终远嫁他乡，虽然她的婚姻还算可以，只不过在古代远嫁本就是一种悲剧。三位姐姐的悲剧给惜春的打击很大，虽然在《红楼梦》中并没有写出惜春如何看待这三位姐姐的婚姻和命运，但是通过书中的一些情节可以看出，惜春这个性格冰冷的小姐对此早有感慨和无奈。

贾府虽然家大业大，而且还有元妃在宫中，但是内外的种种矛盾和斗争使得大厦将倾。惜春目睹了这一切，她在现实生活中看到了这种人心斗争的丑闻，这些也是她心灰意冷的原因之一，她已经感到生活失去了趣味。正是因为她出身贵族家庭，所以她才能够有机会看到人世间最为丑恶的一面，试想一个出身于农民家庭的女子怎么可能看到为了钱财或者功利的争夺？

在第一百一十五回和第一百一十八回中，惜春最终下定了决心，准备完成自己的夙愿。在作灯谜的时候，贾政猜测惜春的谜底是“佛前海灯”，惜春笑着回答：“是。”海灯本是寺庙中佛祖前面的长明灯，在这里就是预示着惜春最终出家为尼的事实。

在很多人眼中选择出家，成为佛祖面前的虔诚弟子是一件值得庆幸的事情，因为这样可以躲开尘世间太多的纷纷扰扰，况且惜春本是自己领悟透了其中的真谛，出家难道不是一条通往幸福的路吗？

可是在曹雪芹的笔下，还是对惜春充满了同情和怜悯，因为惜春的出家还是充满着无奈。

惜春的出家和她的父亲就没有一点关系吗？

惜春的父亲贾敬在《红楼梦》刚一开始的时候，就选择到城外的道观里去了，基本上就再也没有回过家。家里人过生日的时候，他也不会回家；只是在除夕及祭宗祠的时候，短暂地回家。在《红楼梦》中并没有讲到贾敬的夫人，所以我们可以理解为她已经早早过世，也没有写到贾敬的姨娘，即便是有也好像戏份不够，所以惜春和贾珍很有可能是同父同母的兄妹。只不过是因为贾母很喜欢女孩，所以惜春能够来到荣和几位姐姐一起长大。在《红楼梦》刚开始的时候，说惜春“身量未足”，那个时候她还是一个小女孩，而到了第七十四回的时候，她已经思想成熟、言语犀利，可见在这一段时间里惜春成熟得很快，这只不过是因为她过早接触了人世间的悲苦。

在高鹗的续书中有很多地方值得商榷。惜春最终选择出家为尼，在第五回中，她的册页上画着一座古庙，判词的最后一句话是“独卧青灯古佛旁”。在高鹗的续书中贾家最终能够恢复原样，继续开始繁华的生活，惜春也只不过是在栊翠庵中代替了妙玉而已，如果是这样的话，惜春的命运并不算很苦，因为她可以居住在繁华包裹着的栊翠庵中，过着自己想过的生活，她也就没有必要被放入“薄命司册页”了。

栊翠庵是元春回家省亲的时候建造的，那个时候的贾府虽然内部已经空虚，但是这种表面的工作肯定做得很好，所以栊翠庵必定极尽奢华。惜春住在这样的地方，又可以一心向佛，自然是志得意满了。实际上我们可以猜测曹雪芹先生的意思，惜春虽然在皇帝第一次抄家之前就选择了出家为尼，其最终每天过着“缁衣乞食”的生活，而不是在栊翠庵中过一生无忧的生活。

出家本是惜春的第一悲。

“缁衣乞食”则是惜春的第二悲。

前面已经讲过惜春是自己悟透了人生，所以选择出家的。在这一方面她的确优于其他姐妹，因为她的判词第一句就是“勘破三春景不长”，她能够从三位姐姐的遭遇中看到自己的命运，她能够在荣经历的“三年”时间中逐渐明白自己的命运。所以她颇具“先知先觉”早早地选择离开这个繁华的世界。

惜春的领悟不仅来源于三位姐姐的遭遇，还有贾府内部的斗争。

尤其是抄检大观园这种事情的发生，使得惜春早就心灰意冷，即便是对待自己面前的丫鬟入画，她也是非常绝情。在上文中分析到这里的时候，肯定有很多读者会有这样的感觉。即便惜春是一个心冷口冷的人，但她毕竟是一个小小年纪的女孩子，怎么可能有如此狠心，撵走自己的丫鬟时丝毫没有心疼之情？

其实笔者第一次看《红楼梦》的时候也是这样想的，一直怀疑在对惜春的描写上，曹雪芹先生的下笔是不是重了些？后来多看了几次才明白，这绝不是曹雪芹先生不经思考和推敲随意写出来的。

当然一方面是惜春想要通过这次事情，彻底和宁国府划清界限，除此之外还有原因。

我们先来了解一些古时候抄家的厉害。

乾隆时期的《永宪录》续编中记载了这样一次皇家抄家的事件。当时雍正朝中有一个学政叫俞鸿图，其家被抄。他的妻子听说来抄家了，当时就自尽了；他们家一个小孩子，抄家的人刚进来没有时间对付他，但是这个孩子居然被抄家的景象吓死了。那个时候哪个官员的家被抄，除了这个官员被带走、家产被没收之外，家中的成员如果没有得到皇帝恩准的话，一律都不会被当人看，而是被看作是“动产”，打骂是最基本的；皇帝有时候会将这些人赏赐给下面的官员，一般情况都是给了去负责抄家的官员；要么就是将这些人“充官”，拿到人市上卖掉。仆人和丫鬟是这样的命运，即便是太太姨娘、公子小姐也都会有如此的遭遇。

而在雍正朝的内务府档案中记载着李煦，也就是贾母的原型李氏的亲哥哥家中被抄的情形。其家在雍正元年的时候就被抄，他的亲属和仆人，无论男女老少，一共200余口人全部在苏州“挂牌出售”。其实李煦在做官的时候名声还不错，所以很多人不忍心买，也有一些人虽然恨他，但是不知道以后李煦会不会东山再起，所以也不敢买。雍正听说之后就将他们运到京城，在运送的过程中，死掉了一些人，最后押到京城的是227人，其中李煦的妻妾子女共10人，其他都是仆人和丫鬟。

李煦的家人被押到京城之后先出售的是209人，剩下的8个人作为李煦的证人，还需要等待过堂，最终同样或卖，或杀，这要看最终的审判结果。当时有一位名叫五十一的崇文门监督负责出售这些人，出售的地点就在京城崇文门外，在那个时代崇文门外是专门出售皇帝抄家之后人犯的地方。这些是雍正朝甲辰年，也就是雍正二年的内务府档案中记载的事情，这些都是真实发生的。

虽然大观园的抄检不如皇帝抄家，但是情况同样充满着恐怖，另外大观园是当时社会的一个缩影，曹雪芹本就是想要通过这个缩影展现当时的社会现实。

带着这样的观点和态度，我们再回头来看惜春当时的表现。这已经不是仅仅在刻画一个角色，而是非常写实的笔墨。惜春这样一个女子，对于这种事情比其他人更加敏锐，她早早感触到了抄家的恐怖。此时的江南甄家已经被抄了，虽然还没有抄到贾府，但是贾府自己已经开始乱了，先自己抄检大观园。可能贾府中其他人听说了甄家被抄，会表现出一定的不愉快，继而又开始自己糊里糊涂地快乐；而还有一些人估计都没有感受到这种不愉快的情绪，依旧过着属于自己的生活。但是惜春感觉到了，对于这种悲剧性的事情她具有先天的敏锐性。于是将入画“抄检”出来的时候，她就说出了“或打，或杀，或卖”的话来，这就是当时社会的写照！虽然大多数人认为入画所犯的错误最终受“批评教育”就可以了。

曹雪芹先生只不过是通过惜春的嘴，将自己对当时那个社会的理解写了出来，也将自己内心的不满表达了出来。当一个家被皇帝下令抄家开始，他们的一只脚就已经迈入了地狱。无论结果是什么，最终也逃避不开“被打，被杀，被卖”的结局，在那种情况下这本就是很寻常的事情。而且在当时皇帝抄家之后对于罪家人口的处置都是公开的，丝毫不隐蔽，几百年之后的读者读到这里的时候，不能够理解惜春的绝情，但是相信如果当时的人能够读到《红楼梦》、读到这个情节的时候，相信他们的脑海中都会浮现出崇文门外那些等待出售的人，这就是事实，这就是《红楼梦》的高深之处。《红楼梦》不仅仅是写儿女情长的爱情小说，而是反映社会现实的一部巨著。

看明白了这样一个时代的背景，我们就能够理解惜春做出的很多行为和说出的很多言语了。而在第七十四回中惜春说的“善恶生死，父子不能有所勖助”、“我只知道保得住我就够了，不管你们”这些言语都是在公开和宁国府断绝。我们完全可以猜测得到，在第八十回之后，惜春是在贾府被查抄的前夕就选择了出家为尼。

其实即便在最初，贾府没有什么危机的时候，惜春就有了做尼姑的念头，这在前文中多次强调过。所以在事态发展到必须做出一个选择的时候，惜春选择了自己最喜欢的，同时也是唯一能够选择的。而当官府在抄贾府时，因为找不到这位小姐和贾府的种种关系，而最终使得惜春会有幸躲开“打、杀、卖”的遭遇。

惜春能够早早洞悉自己的命运，她在这件事情上具有一定的预见性，她判定自己不会有很好的境遇，她知道自己需要面对一个恐怖的结局，所以她要选择自救，尽管以后她要在青灯古佛面前度过一生，尽管她很有可能过上“缁衣乞食”的生活，但是相信这些都要比“被打，被杀，被卖”要好很多，毕竟前者尚且可以把握自己的命运，而后者完全要听从于别人。

惜春是另外一种人生悲剧，她的这种悲剧显得更加凄惨。一个贵族女子在复杂的环境中，只能卑微地寻找自保的办法，她也以自己的冷漠来保护自己，要以自己和外界的隔绝来延续自己的生命，她难道不是值得同情的吗？

# 第九钗

## 一场空欢喜，忽悲忽辛

——熙凤的半世悬心

王熙凤，一个不简单的女子，心思缜密，却最终被聪明所伤，说她坚强也好，说她心狠也罢，她管理荣国府的能力可窥一斑。

# 谁赠我一场空欢喜

机关算尽太聪明，反算了卿卿性命。

生前心已碎，死后性空灵。

家富人宁，终有个家亡人散各奔腾。

枉费了，意悬悬半世心；好一似，荡悠悠三更梦。

忽喇喇似大厦倾，昏惨惨似灯将尽。

呀！一场欢喜忽悲辛。叹人世，终难定！

——《聪明累》

凤姐是《红楼梦》中地位非常重要的人，她也以自己的独特性而存在。王熙凤是整部书的支柱，我们不妨可以想象，假如在《红楼梦》中没有了王熙凤，那会怎么样？当王熙凤处于整个贾府长幼、尊卑、亲疏、嫡庶、主仆等错综复杂的人际网的中心，她就需要具有一定的独特性，同时必须和各种人物打交道，在她的上面有公婆，中间有数不胜数的兄弟姐妹，下层还有一堆的管家丫鬟和小厮等，如果贾府没有了王熙凤，那整个场面是无法想象的。

前面说过曹雪芹是塑造人物的大师，王熙凤和贾府中任何一个人之间的关系、任何一个矛盾之间的关系都是整个社会关系的反映。王熙凤在贾府中本是孙子媳妇，按道理她的辈分是很低的，但是最终她却成了贾府的管家，这是很多矛盾体发展的结果。首先王熙凤本身有“金陵王”的背景，同时贾母也是她的大靠山，再加上邢夫人和王夫人之间的矛盾、她本人能力等原因，最终使得她成了贾府的大当家。或许这种当家也是将她推向了火山口，成为众矢之的。

王熙凤至少是一个复杂的人，在她的身上可以看到很多矛盾，她每天需要处理各种各样的家长里短，家本就是国家的缩影，这些是同构的。所谓封建皇家“家天下”下的所有权势斗争、党派倾轧都可以在家中找到雏形。而王熙凤处于这些矛盾的中心，曹雪芹是要通过这个“凤辣子”将自己对社会现实理解的饱满度全面展现出来。

而王熙凤的触角并不仅仅局限于贾府之内，比如曹雪芹借助平儿的嘴曾经说过这样一个细节，王熙凤每个月都会将月钱拿出来放高利贷，平儿说：“每年少说也得翻出一千银子来。”这样的数字放在老爷太太身上，他们不愿意，也不屑于做这种事情；而公子小姐们又不理财，所以也没有办法去做。只有王熙凤可以，她的触角已经伸出了贾府，无论是官府、佛门还是宫廷。王熙凤是不可替代的，是不可或缺的，她在贾府的地位非常重要，而在整部书中的作用同样重要。

王熙凤到底是怎样的一个人呢？通过《聪明累》能够看出她是一个精明能干的人，但是最终因为自己的聪明而误了自己的卿卿性命。

除了聪明之外，王熙凤可以说是一个心狠手辣的人。我们来看看她是如何惩罚丫鬟的，“垫着瓷瓦子跪在太阳底下，茶饭不给”，“便是铁打的，一日也管招了”。看看这般手段！

有一个小丫鬟为贾琏望风，被王熙凤知道了，她命“拿绳子鞭子，把那眼睛没有主子的小蹄子打烂了”。而且威胁说要用烧红的烙铁烫嘴巴、用刀子来割肉，虽然这只是恐吓，但是以王熙凤的行事风格绝对做得出来。因为她当即就拿出簪子戳小丫鬟的嘴巴，扬手还给了丫鬟一个嘴巴，小丫鬟立即两腮紫胀。

在清虚观，小道士因为无意间撞到了王熙凤身上，她上手就是一个巴掌，打得小道士站都站不稳。

通过多处描写可以看出王熙凤绝对是一个“心狠”的女子，估计那些下人看到王熙凤之后都会胆怯，怪不得有些奴仆会在背后诅咒她，说她是“阎王婆”、“夜叉星”。王熙凤处决起事情来，有一种寒气。

最著名的就是“弄权铁槛寺”。

王熙凤有一句很著名的话，“我是从来不信什么阴司地狱报应的，凭是什么事，我说要行就行。”当然这句话并不是说明她不迷信，她给女儿起名字的时候也会求福祉，也会供瘟神，等等。王熙凤只不过是通过这句话来展现自己的气概，就算是神怪同样遮挡不住自己的气魄。这句话说明了王熙凤的权势，也说明了她为了达到目的不择手段，甚至不计后果。王熙凤是一个善于玩弄权术的女子。这些在“弄权铁槛寺”中表现得非常明确。

她城府非常深，勾结官府，倚仗着自己的权势欺骗长辈，借助贾琏的名义秘密做成了一笔肮脏的交易。通过这件事，王熙凤变得更为大胆，更加恣意妄为。

王熙凤不仅做事不计后果，而且已经到了赶尽杀绝的地步，她没有什么“妇人之仁”，更多的是展现了“最毒妇人心”的一面。

贾雨村因为知道王熙凤的底细，所以最终被充发；张华父子手中有王熙凤的把柄，最终也被王熙凤害死，等等。王熙凤一方面表现了自己的“手辣”，另一方面也拥有足够的心机，这两者是不矛盾的，同时也是相辅相成的，正因为两者的结合，才能够塑造出如此完整的一个王熙凤。

王熙凤的善于心机、善于算计可以通过她日常的表现看出来。

在大观园诗社经费的问题上，王熙凤就和老实的李纨上演了一场对手戏。王熙凤笑着对李纨说：“亏你还是大嫂子呢!”“你一月十两银子的月钱，比我们多两倍。又有个小子，足足又添了十两，一年中分年例，你又是上上分儿，算起来，一年也有四五百银子。”“这会子你怕花钱，调唆她们来闹我。”她说了这么一大堆话，李纨接着说：“你们听听，我说了一句，她就说了这么一车的话。”“天下人都被你算计去了！”虽然李纨的话带有一定的玩笑性质，这位大嫂子老实，但不是傻瓜，她的这些话是对王熙凤最恰如其分的评价。

王熙凤用来放高利贷的月钱，不仅有克扣下人的钱，甚至连老太太和太太的钱都敢挪用，就算是“十两八两零碎”，她都会想方设法攒到一起放出去。李纨说她“专会打算盘分斤拨两”，丝毫没有冤枉她，是非常恰当的。

王夫人屋里的丫鬟金钏投井之后，丫鬟的名额出现了空缺，王熙凤根本不着急补这个空缺，因为很多人已经看中了这个“肥缺”，所以王熙凤等别人送礼就能够收不少。像这样的事情王熙凤做了很多，“大闹宁国府”的时候，她也会记着向尤氏要了五百两银子，其实用来打点的一共是三百两，从中她自己得了二百两。王熙凤懂得算计是出了名的，她自己也心知肚明，她曾经对平儿说：“我的名声不好，再放一年，都要生吃了我呢。”当然王熙凤并没有将自己的这种心机仅仅用于聚敛钱财上，在处理人际关系上，她同样展现了心思缜密的一面。

在处理人际关系上，王熙凤非常懂得察言观色，有时候也会辨风测向，经常别人还没有说出意图，王熙凤已经猜到了。比如，林黛玉刚出场时，王夫人问是不是拿料子做衣裳，此时王熙凤就说：“我早都预备下了。”事实上她并没有预备什么衣料，只不过是随机应变地一说。

王熙凤的这种能力已经超越了所有人，而她将这种能力也是应用得尽善尽美。在很多时候，她还会很快否定自己之前的观点，态度上来个大转折，从而达到自己的目的。

比如邢夫人要鸳鸯，邢夫人先是找王熙凤商量，说老爷准备讨鸳鸯做小妾，王熙凤听完之后，就连忙对她说“别去碰这个钉子”，她脱口而出，她说“老太太离了鸳鸯，饭也吃不成了，何况说老爷放着身子不保养，官儿也不好生做……”她还劝告邢夫人说：“明放着不中用，反招出没意思来，太太别恼，我是不敢去的。”王熙凤知道这件事情根本是行不通的，但是邢夫人对此一点都听不进去，于是冷笑着说：“大家子三房四妾都使得，这么个花白胡子的……”之前，邢夫人听了王熙凤的话有点生气，通过邢夫人的语气王熙凤立刻明白，对于这件事情邢夫人是持支持意见的。于是她话锋一转，开始顺着邢夫人说话了：“太太这话说得极是，我能活了多大，知道什么轻重，想来父母跟前，别说一个丫头，就是那么大的活宝贝，不给老爷给谁。”甚至还举出了例子，说贾琏有了不是，老爷和太太虽然很生气，但是见了面还是恨不得拿最好的东西给他；现在老太太对老爷肯定也会这样。她的这些话显得顺理成章，而且极其具有说服力，这些也让糊涂的邢夫人感觉很开心。

同样是讨鸳鸯这件事情，前前后后王熙凤的态度大转弯，她一正一反的态度虽然荒唐，但是通过言辞的修饰显得如此顺理成章。而像这次这样不落痕迹的转折，在王熙凤身上发生过太多次了，王熙凤的心机以及对语言的驾驭能力可见一斑。

王熙凤不仅善于处理和家族人员之间的关系，而一旦有事情牵扯到自己的切身利益、损害到自己的尊严、动摇自己的地位，那她的所作所为显得更加具有心机，她会使出浑身解数，将谋略和心机展现得淋漓尽致。王熙凤不仅可以“杀伐决断”，同样也可以具有谋略。这些尤其在“毒设相思局”和“赚取尤二姐”上表现得非常清楚。

另外，王熙凤对别人的影响不仅仅是金钱上的，还有心理上的。在心理上她也常常保持着一种优胜者的状态，比如贾瑞与尤二姐，刚开始他们还占有一定的优势，但是随着事态的发展，在王熙凤的导演下，这种优势逐渐消失殆尽，最终让自己走上了绝路。

但是王熙凤也有自己的悲哀，因为她是封建社会的女子，所以她最终无法摆脱“夫纲”和“妇道”，她必须得承认丈夫纳妾是正当的行为，在那样的贵族家庭中，三妻四妾是很正常的，甚至纳妾本身就是地位的象征，所以在这种强大的宗教礼法面前，就算是争强好胜的王熙凤也没有办法。她为了杜绝有“忌妒”的名声、为了“建造”自己“贤良”的形象，只能选择屈服，再怎么强悍的王熙凤同样要受到宗教礼法的制约，这是何等的悲哀。比如她同意平儿成为通房丫头，因为她需要通过这种方式拴住贾琏的心，需要通过这种方法建立自己良好的形象。

王熙凤对于这种计谋和策略的使用达到了炉火纯青的地步。大闹宁国府是这样，鲍二家的事件被揭发之后，这场轩然大波最终只能让贾母去裁决，但是贾母是偏袒贾琏的，王熙凤虽然争到了面子，可是最终的结果还是贾琏获胜。回来之后，贾琏问：“你仔细想想，昨儿谁的不是多？”其实这件事情应该是贾琏的不对，王熙凤过生日他不来也就算了，居然和鲍二家的偷情，而当贾琏这样问时，她已经无法理直气壮了。她不能够直接斥责贾琏，只能通过“二爷要杀我”的借口到老太太那里去闹。这是王熙凤的屈服，她只是屈服于贾琏这个封建家长，她懂得什么时候收。而最终她会将锋芒指向和自己争宠的平儿、鲍二家的，她会将矛盾转移到她们身上，从而让她们成为最终的牺牲品。在这里王熙凤成功将夫妻之间的矛盾，转化为妻妾之间的矛盾，虽然这种做法不能从根本上制约贾琏，但是起码能够释放自己的怨恨，这就是一种策略，因为她知道她对贾琏无可奈何。

王熙凤聪明了一世，但是她的这种聪明最终连累了自己，这首曲子就是表达此意。

王熙凤在整部书中是非常重要的人物，是着力刻画的人物，同时也是塑造最为成功的典型。在荣国府她实际上是最具有实权的人，形形色色的人都围绕着她而活动，而对于她的评价也是种种。比如在第六十五回中，贾琏的心腹兴儿对尤二姐说：“若提起我们奶奶来，心里歹毒，口里尖快……如今合家大小除了老太太、太太两个人，没有不恨她的，只不过面子情儿怕她。皆因她一时看的人都不及她，只一味哄着老太太、太太两个人喜欢。她说一是一，说二是二，没有人敢拦她。又恨不得把银子钱省下来堆成山，好叫老太太、太太说她会过日子。殊不知苦了下人，她讨好儿。估着有好事，她就不等别人去说，她先抓尖儿；或有了不好事或她自己错了，她便一缩头推到别人身上来，她还在旁边拨火儿。”还说她，“嘴甜心苦，两面三刀；上头一脸笑，脚下使绊子；明是一把火，暗是一把刀，都占全了。”曹雪芹借助兴儿的嘴巴将他的观点展现了出来，同时也将王熙凤这个人物展现了出来。

在“弄权铁槛寺”中，王熙凤对老尼姑说：“你素日知道我的，从来不信什么是阴司地狱报应的。凭是什么事，我说要行就行。”而为了三千两银子，她通过自己的小手段害死了张金哥和长安守备的儿子。

王熙凤是贾府的顶梁柱，同时也是贾府的大蛀虫，就连她自己也承认，“若按私心藏奸上论，我也太毒行了，也该抽回退步。”但是最终她没有抽身离开，而断送了卿卿性命，她的离世是凄惨无比的。

## 世间最执着的坚强

凡鸟偏从末世来，都知爱慕此生才。

一从二令三人木，哭向金陵事更哀。

——《判词》

通过王熙凤的出场就能够看出她的性格。在第三回中，林黛玉刚刚来到贾府，她正在和贾母谈论自己的身体以及常吃的药，“一语未了，只听后院中有人笑声，说：‘我来迟了，不曾迎接远客！’黛玉纳罕道：‘这些人个个皆敛声屏气，恭肃严整如此，这来者系谁，这样放诞无礼？”

虽然接着没有直接交代是王熙凤出场，但是这个气势已经足够，“未写其形，先使闻声”，曹雪芹还没有开始描写王熙凤，就通过这段将这个人物的性格展露无遗，人物内在的神奇全部表现了出来。而在如此庄重的贾府中，尚且有人能够这样说话，可见这个人的地位不一般。

“这个人打扮与众姑娘不同……裙边系着豆绿官绦，双衡比目玫瑰珮……一双丹凤三角眼，两弯柳叶吊梢眉，身量苗条，体格风骚，粉面含春威不露，丹唇未启笑先闻。”曹雪芹对这个少妇的描写显得非常写实，将一个贵族少妇的形象展现了出来，而通过“一双丹凤三角眼……粉面含春威不露，丹唇未启笑先闻”也能够看出这个少妇的心机深沉，似乎无时无刻不在算计着别人。

即便是到这个时候曹雪芹还没有交代出这个少妇到底是谁，而是通过贾母的嘴介绍说：“他是我们这里有名的一个泼皮破落户儿，南省俗谓作‘辣子’，你只叫他‘凤辣子’就是了。”通过这一段介绍表现了贾母对这位少妇的宠爱，同时也揭示了王熙凤因为懂得人情世故，从而能够得宠。

而王熙凤出场之后，满屋子都没有人说话了，她先是赞美林黛玉的“标致”，这种做法其实也是在恭维贾母；紧接着因为林黛玉的遭遇而落泪，她的这种做法同样也是为了得到贾母的欢心；而在贾母说她不应该说这些伤心话的时候，她又立即“转悲为喜”，然后自责说：“竟忘记了老祖宗，该打，该打。”看看，这三个细节的描写，王熙凤活灵活现地出现在了读者的面前。

接着王熙凤又重新恢复了她“大当家”的身份，一方面安顿了林黛玉，另一方面吩咐着众位婆子们，她的这种做法同样是在炫耀自己的地位。即便读书再怎么不认真的人，读完这一段肯定会对王熙凤这个形象记忆深刻，因为她已经不是纸张上的一个人，她已经活脱脱呈现在读者的眼前。

王熙凤是聪明的，只不过她的这种聪明不仅应用于人情世故中，她的聪明更多地和“残忍”联系在一起，比如在上一节中介绍到的情节。

不过再怎么说，王熙凤是具有管理才能的，尤其是在第十三回和第十四回中，王熙凤协助管理宁国府，就非常生动形象地展露了一个女强人的形象，虽然手段“辣”了一些。

不过王熙凤毕竟能力有限，她无法像探春一样提出整体改革的方案，或者说她为了一己私利也不愿意提出这种方案，所以最终她的治理只能限于“标”，而不是“本”，治标不治本的最终结局只能是流于失败。《红楼梦》为的是通过四大家族的衰落而揭露封建社会的衰落，王熙凤协助管理宁国府虽然取得了一定的成功，但是这种成功只能是整个衰亡过程的小插曲，不能成为主体。

王熙凤是四大家族中少见的人物，她本身的确具有主见和胆识。因为她缺少正统伦理的熏陶，所以她比身边的其他小姐和媳妇们更加有胆识，这种个性素质在封建社会中非常少见，就算是在男子中同样少见。在封建社会的贵族男子大多享受着祖宗的庇荫，养成了不务正业的习惯，整天生活在王孙贵族的温柔乡里，尽情享受着荣华富贵，他们锦衣玉食的生活最终让他们成了社会的寄生虫。

为了证明王熙凤的胆识和能力，我们且来看看她在协助管理宁国府的时候都做了些什么事情！

首先，王熙凤在宁国府定下了全新的规矩，打击和惩治了一些人。她对来升家的人说："既托了我，我就说不得要讨你们嫌了。我可比不得你们奶奶好性儿，由着你们去。再不要说你们'这府里原是这样'的话，如今可要依着我行，错我半点儿，管不得谁是有脸的，谁是没脸的，一例现清白处理。"王熙凤的规矩使得人人平等，并且她懂得给管事的人一定权力，让其能够灵活处理问题，从而杜绝了很多问题的出现，最大限度避免了"人口混杂，遗失东西；任无大小，苦乐不均"。

王熙凤要求管理者能够起带头作用，她就对来升家的说过，"来升家的每日揽总查看，或有偷懒的，赌钱吃酒的，打架拌嘴的，立刻来回我，你有徇情，经我查出，三四辈子的老脸就顾不成了。如今都有定规，以后那一行乱了，只和那一行说话。"

其次，王熙凤重新规划了大部分人的职责，并且确定了赏罚。为了能够规避宁国府的弊端，她采取了定岗定责的措施，她的目标非常明确，就是让每个人都有职责，同时每个岗位都有人负责，她将做事情和管理结合在一起，耽误了事情就要接受惩罚，遗失了东西就需要赔偿，同时也给予了一定的奖励措施。

最后，王熙凤严格执行自己定的规矩。王熙凤刚到宁国府就制定了严格的时间要求，所以当她第一天"卯正二刻"到宁国府的时候，"那宁国府中婆娘媳妇们得到齐。"她自己也说："素日跟我的人，随身自有钟表，不论大小事，我是皆有一定的时辰。横竖你们上房里也有时辰钟。”

为了能够快速扭转宁国府的面貌，王熙凤每天早起点名。有一次，所有的人都到齐了，就差负责迎送亲友客人的人，于是她说：“本来要饶你，只是我头一次宽了，下次人就难管，不如现开发的好。”此人被拉出去打了二十板子。此时大家才知道了王熙凤的厉害，从此之后众人再也不敢偷懒了，他们都兢兢业业，做事情也都非常认真。王熙凤是恩威并用，一方面能够维护自己的威严，另一方面也能够笼络人心，王熙凤说过：“咱们大家辛苦这几日罢，事完了，你们家大爷自然赏你们。”

王熙凤对宁国府的管理非常成功，只不过如同上文所说，她的这种成功只不过是局部的，不能整体扭转溃败的贾府，这个封建家族衰败的结局早已注定。

在整部书中的王熙凤是一个相当有影响力的人，就算是贾母对她也另眼相看。王熙凤也很懂得讨贾母的欢心，这也使得贾母成了她在贾府中的最大靠山。

另外，虽然贾政是贾母的次子，但是贾政、王夫人和贾母住在正房，由此可见贾政和贾母的关系非常好，而王夫人是王熙凤娘家的亲姑母，所以王夫人对王熙凤的态度也不一般，她们两人经常互相帮衬。

而且，在宁国府出事的情况下，王熙凤受到了贾珍的邀请，从而协助管理宁国府，也就是说她得到了宁国府的“尚方宝剑”，她在宁国府有一切的权力。

通过上面三点可以看出，王熙凤的确很会处理各方面的关系，使得贾府上下没有人不依赖她。

对于王熙凤这个小说人物的评价，历史上褒贬不一。

王熙凤具有很强的社会性，在她的身上能够看到生活，她是一个“食人间烟火”的女子，而不是林黛玉那样的类型。王熙凤很真实，所以当几百年之后的读者在评判王熙凤的时候，眼光和标准要有所不同。

就比如在贾瑞和尤二姐的死上，王熙凤的确有一定的责任，但是，如果以此将她塑造成一个众人唾骂的形象，显得有点过于残酷了。事实上无论是贾瑞还是尤二姐的死都是各种原因结合之后的结果，王熙凤只不过是其中的催化剂而已。如果隔离了种种客观原因，将此归咎于王熙凤，对王熙凤来说是不公平的。

在王熙凤身上还能够看到封建女性所少有的独立意识，她对封建社会的男权非常痛恨，她对贾琏有着一定的痛恨感情，但是她的表现却不敢过于激烈，她只能通过自己犀利的语言来痛骂或挖苦。而王熙凤本身也是封建社会的牺牲品，虽然她有可憎的一面，这些在上文中分析过，但是她本身也是值得同情的。

虽然很多人将王熙凤的风风火火解析为“奉承”，但个人认为她的这种性格反而展现了她可爱的一面，她本就是一个爱说爱笑的人，无论是能言善辩也好，还是能说会道也罢，总之她的快人快语也有可爱的一面，不是百分之百的“奉承”和心机。

王熙凤是个特殊的女子，可能她不像林黛玉，提起来就让人同情不已；也不像探春，总是感觉充满着能量和气质……王熙凤的特殊是她所处的地位给予的，不要将王熙凤看成是时代的执掌者，她同样也是值得同情的苦命女子。

王熙凤女性的悲苦被她男性的能力所掩盖，所以很多读者看到的是她胆识、谋略，甚至心机，但是最终却遗忘了她女性的一面。当她在向男权社会进行挑战时，会让人感到扬眉吐气；可是当她玩弄权术，个人欲望无限膨胀时，甚至践踏其他女性的人格和尊严时，又会让人唏嘘不已，乃至深恶痛绝。可无论怎样，人们在看到王熙凤的时候，很少看到她作为女子温柔的一面，这是悲哀的，她的这种悲哀同样没有人能懂。

不管怎么样，王熙凤最终同样要遭受难言的痛苦。就像判词中说的一样，虽然王熙凤是男权社会中少见的女子，但是她还是对贾琏言听计从，最终也难免被“休”的结局，只能“哭向金陵事更哀”，自然她独揽大权的贾家也是大势已去，她还失去了自己的女儿，可怜的王熙凤虽然要强了一辈子，但是最终却落得个这样的境地。

# 第十钗

## 家亡莫认亲，忽遇恩人

——巧姐的梦碎红楼

一个被家族影响的女子，自始自终都是一个孩子，命运坎坷，无辜，最终在"馀庆"中找到了自己的希望。

## 是巧合还是命运

留余庆，留余庆，忽遇恩人；
幸娘亲，幸娘亲，积得阴功。
劝人生，济困扶穷，
休似俺那爱银钱忘骨肉的狠舅奸兄！
正是乘除加减，上有苍穹。

——《留馀庆》

巧姐是一个娇贵多病的小姐，在刘姥姥第二次到大观园中的时候，刘姥姥得以给她取名，王熙凤的理由是，“……你贫苦人起个名字，只怕压得住她。”刘姥姥听说孩子的生日是在七月初七，于是就笑着说：“这个正好，就叫她是巧哥儿，这叫作‘以毒攻毒，以火攻火’的法子，日后或一时有不遂心的事，必然是遇难成祥，逢凶化吉，却从这‘巧’字上来。”而脂批指出：“一愚妇之谈，实是世间必有之事。”

第五回中，贾宝玉在一座荒村野店中看到一个美人在纺织，而判词是“势败休云贵，家亡莫论亲。偶因济刘氏，巧得遇恩人”。判词中的“刘氏”则就是刘姥姥了，而此时的巧姐因为贾府衰败之后，无依无靠的她被“狠舅奸兄”卖入风月场所，而正好遇到了为她取名的刘姥姥才得以被救走，刘姥姥成了巧姐的大恩人。之后刘姥姥将巧姐招入家中，和板儿成为夫妻，之后板儿耕田、巧姐纺织，在小村庄中过着自食其力的生活，或许这种结局对于巧姐来说是一个合理的归宿。

第四十一回中，巧姐和板儿的婚姻也设有伏笔，“那大姐儿因抱着一个大柚子玩的，忽见板儿抱着一个佛手，便也要佛手。丫鬟哄他去取，大姐儿等不得，便哭了。众人忙把柚子与了板儿，将板儿的佛手哄过来与他才罢……”脂批：“小儿常性，遂成千里伏线。”“柚子即今香团之属也，应与缘通，佛手者，正指迷津者也。”

这首曲子名字是“留馀庆”，是在说王熙凤曾经救济过刘姥姥，算是做了一件好事，所以最终由刘姥姥从火坑中救走了巧姐，这似乎是一种因果报应。当时的王熙凤已经是“泥菩萨过江”，巧姐只能任凭别人发落。

至于对刘姥姥的描写，并不是将她作为引线，厘清贾府中的头绪；也不是为了闹出一些笑话，让众人一乐。刘姥姥的出现其实非常重要，书中的多处描写都是为了说明刘姥姥最终使得巧姐与板儿成亲，她也真正成了贾府的亲戚。

“势败休云贵，家亡莫论亲。”当大势已去的时候，贾府的人从钩心斗角上升到了骨肉相残的境地，而此时出现援助的人却是当年那些不被人瞧得起的小人物，比如贾芸、小红、茜雪、刘姥姥等。刘姥姥虽然多次遭到全贾府人的嘲弄，但她却是贾府兴旺到衰败的见证者，而她也是出面帮助贾府的人，她不但从火坑中救出了巧姐，而且还顶着封建道德的压力让她成为板儿的媳妇。脂批：“老妪有忍耻之心，故后有招大姐之事。”在最为关键的时刻，这个没有任何文化的老妇人却成了人性最为闪光的人，她的行为高于那些所谓的“光鲜亮丽”的人。

巧姐在这位好心的刘姥姥帮助下，虽然丢弃了自己的千金小姐的身份，但毕竟保住了性命，成了一名普通的劳动妇女。虽然她的青春生活和当年林黛玉她们吟风弄月完全不同，但这种自食其力的生活道路，本身就是一种幸福。而刘姥姥为巧姐起名时说的“遇难成祥，逢凶化吉”在此时也得到了验证。

当然刘姥姥本身背负着沉重的封建枷锁，所谓的“留馀庆”、“积得阴功”其实都带着一定的封建色彩，但是巧姐最终的结局却得到了读者的认可。

“留馀庆”出自《易经·坤卦》：“积善之家，必有余庆。”意思就是“前任积德，后人沾光”。巧姐的年龄非常小，所以她只能借自己母亲王熙凤的光，王熙凤虽然光耀一时，但最终惨败，小小的巧姐的厄运从此刻开始了。

而王熙凤曾经救济过过不了冬的刘姥姥，王熙凤对这个“芥豆之微”的亲戚始终没有瞧得上眼，但是她这无意中的帮助，却成了本曲中的“积得阴功”，从此之后刘姥姥和贾府结下了缘分，刘姥姥曾经还恭维巧姐说：“她必长命百岁。日后大了，各人成家立业，或一时有不遂心的事，必然遇难成祥，逢凶化吉，却从这‘巧’字上来。”谁知道最终刘姥姥却成为巧姐的贵人。

巧姐的这种结局是多方面的，从中也能够看到当时的人情冷暖：狠舅奸兄是落井下石的人，而所谓的“旁人”刘姥姥却成了最终救助她的人。通过巧姐的结局能够看到曹雪芹先生的一些思想，在贾府之中不可能所有人都去做和尚或尼姑，大观园中的子女们需要找到一个出路，而这种出路最好的就是归隐田园，难道这不是曹雪芹的思想吗?

但是曹雪芹向往的是真正的田园生活，而不是第十七回中贾政所描述的那样。贾政在这一回中说道：“倒是此处有些道理。固然系人力穿凿，此时一见，未免勾引起我归农之意。”贾政表达了自己对稻香村的喜爱，但是贾宝玉却认为这种农家生活不伦不类，于是就有了这样一段描写，“宝玉忙答道：‘老爷教训的固是，但古人常云“天然”二字，不知何意?’众人见宝玉牛心，都怪他呆痴不改。今见问‘天然’二字，众人忙道：‘别的都明白，为何连天然不知？‘天然’者，天之自然而有，非人力之所成也。宝玉道：‘却又来此处置一田庄，分明见得人力穿凿扭捏而成。远无邻村，近不负郭，背山山无脉，临水水无源，高无隐寺之塔，下无通市之桥，峭然孤出，似非大观。争似先处有自然之理，得自然之气，虽种竹引泉，亦不伤于穿凿。古人云‘天然图画’四字，正畏非其地而强为地，非其山而强为山，虽百般精而终不相宜……’”贾宝玉向往的是真正的农村生活，可能会很清苦，但其中有一种自然之美，他乐于接受。

巧姐的故事很少，也很简单，但是寄托着太多的希望，一个被家族影响着的女子，最终在“馀庆”中找到了自己的希望。

## 不幸是因为谁

势败休云贵，家亡莫论亲。

偶因济刘氏，巧得遇恩人。

——《判词》

前八十回中出场的巧姐就是一个普通的贵族小孩，且其有着贵族小孩特有的娇生惯养：在第二十一回中出场，是因为她得了水痘；在第四十二回中出场，是因为对着风吃了一块糕点就发热。这些无非都是展现这个孩子的娇生惯养，连医生都说："饿两顿就好了。"

不过，当读者们知道了巧姐的结局之后，就会明白原来这些细节的描写都是和其日后的生活做对比，展现了人物的命运在前后有着巨大的反差。

而在前八十回中，巧姐其他的出场都是为了预示她悲惨的命运，一次是第四十一回中，巧姐和板儿互换玩物，显然这是她和板儿成亲的伏笔，当时丫鬟哄她，巧姐当即就哭了，众人忙将柚子给了她，换回了板儿的佛手，板儿本来玩了很长时间的佛手，此刻拿到柚子自然非常开心，将其当球踢着玩儿去了，自然就不要佛手了；一次是刘姥姥给巧姐取名字的那次，这在上节中已经详细描述过，这里无非就是想将巧姐和刘姥姥联系在一起。

在这首判词中，“势败休云贵，家亡莫论亲”，当贾府轰然倒塌之后，就算是你出身再怎么显贵也没有用，巧姐很快就被出卖了。

刘姥姥在最为困难的时候来到了贾府，王熙凤给过她二十两银子，之后就有了“偶因济刘氏，巧得遇恩人”。根据判词可以推断出巧姐最终应该是嫁给了板儿，继而过上了自食其力的农村生活。而在续书中写她嫁给了一位“家财巨万，良田千顷”的周姓大财主，将“荒村野店”变为了“地主庄园”，笔者认为这和曹雪芹先生的意思有不同之处。

当一个贵族家庭的家势衰败之后，其子孙后代生活的悲惨远远超出人们的想象，他们无法成为普通人，或许个个像“孔乙己”一样明明生活已经惨淡得无以复加，却不得不端着自己所谓的架子。而家庭衰败之后那些本想改变生活状态的子女们的遭遇就更不用说了。

的确，前八十回中的巧姐形象很模糊，但是最终她还是成了金陵十二钗之一，曹雪芹的用意很明确，他就是要通过加入这样一个小辈，使得人们看到整个家族的衰败，这种命运的践踏不是对某一代人的，是对整个家族上上下下的。另外，在金陵十二钗中还有一个和巧姐辈分一样的秦可卿，但是此人的身份更为特殊，而且本身就存在很多解释不清楚的成分，这在后文中会详细介绍。

关于巧姐这个角色最大的疑问是她年龄那么小被拐卖是不是存在合理性？从巧姐的出生到贾府的衰败，巧姐最多只有六七岁，她被卖入风月场所的确存在疑点。但是阅读任何时代的小说，都需要跳到当时那个时代去理解，而不是用现在的眼光来理解当年的事情。在那个时代，人贩子如果拐走的是男孩，他们一般会直接卖出去；如果是女孩子的话，因为小时候根本卖不出什么好价钱，所以他们会选择先养着，等到稍大一些再卖给其他人家当童养媳或者丫头；有一些妓院也会买一些小女孩，然后养着当丫头使用，等到稍大一些的时候便逼着接客。所以巧姐被拐卖很合理，存在历史的可能性。而当刘姥姥将她从妓院中救出来之后，虽然年龄还是不大，但是作为童养媳收养在家中更是非常合理的行为了。

至于出卖巧姐的“狠舅奸兄”，很多读者的理解也有所偏颇。狠舅可以理解是凤姐的兄弟王仁，其名字的谐音就是“忘仁”；而奸兄在续书中被写成是贾芸，显然这有些问题。在第二十四回中提到过贾芸，脂批中对他大加赞赏，说他是有志气的男子，说他“孝子可敬，此人后来荣事败，必有一番作为”。根据笔者对《红楼梦》

的理解，认为贾芸和小红最终成为夫妻是合理的解释，而且他们是通过大胆的自由恋爱之后在一起的，可见他是一个敢爱敢恨的男子，况且王熙凤对他们二人都有一定的恩惠。所以认为贾芸是“奸兄”对他来说有点不公平。

那么，这个奸兄到底是谁呢？

贾蔷？他的可能性也不大，贾蔷和龄官之间的爱情故事也是可歌可泣的，足以与贾芸和小红之间的爱情相媲美；而且贾蔷和王熙凤的关系非常好，他曾替凤姐教训过贾瑞，是王熙凤的一名得力战将，况且之后的贾蔷做到了经济独立。所以他不可能是在八十回之后坑害巧姐的人。

到底谁才是真正坑害巧姐的奸兄呢？谁都说不清楚，但这也已不重要了，因为无论是谁，对于巧姐来说命运都是悲苦的。

其实细心的读者会发现，曹雪芹在《红楼梦》中留下了很多值得我们猜测的地方，这些地方成了整部书另外一种色彩。

比如，第七十一回中，写了贾母八旬生日，正日子是八月初三，但是在第六十二回中探春有这样一段话，“倒有些意思，一年十二个月，月月有几个生日。人多了，便这等巧……大年初一也不白过，大姐姐占了去……过了灯节，就是老太太和宝姐姐，他们娘儿两个赶得巧。三月初一是太太……”那么，贾母的生日到底是什么时候呢？个人认为贾母的生日应该是秋天，也就是八旬庆典的那个日子，而探春所说的应该是贾母原型的生日，被曹雪芹顺手写了进去，最终却忘记没有改掉。因为在八旬庆典的时候，爆发了宁国府、荣国府和黑油大门中邢夫人那里的连锁冲突，导致了贾母要查赌，最终导致了抄检大观园。这一段描写非常逼真。

提到巧姐就不得不想到曹雪芹对家庙的描写。在第十三回中，秦可卿在临终之前托梦给王熙凤，就讲到了关于家庙的事情，秦可卿说："目今祖茔虽四时祭祀，只是无一定的钱粮；第二，家塾虽立，无一定的供给。依我想来，如今盛时固不缺祭祀供给，但将来败落之时，此二项有何出处？莫若依我定见，趁今日富贵，将祖茔附近多置田庄房舍地亩，以备祭祀供给之费皆出自此处，将家塾亦设于此。合同族中长幼，大家定了则例，日后按房掌管这一年的地亩、钱粮、祭祀、供给之事。如此周流，又无竞争，亦不有典卖诸弊。便是有了罪，凡物可入官，这祭祀产业连官也不入的。便败落下来，子孙回家读书务农，也有个退步，祭祀又可永继。"

秦可卿建议在祖茔的附近添置一些田产，为了之后家族一旦衰败也有充足的祭祀和私塾，此是为子孙后代想好了退路，而且祖坟旁边的土地是安全的，不会被私自典卖，更不会被入官。

在第十五回中特地对贾府的家庙铁槛寺进行了介绍。铁槛寺是当年宁国公和荣国公一起修建，为的就是以备不时之需，其中阴阳两宅都已经预备好。

在这一点上王熙凤还是差一些，在她预感到贾府衰败来临之前，她为了避免子女遭殃，也有了一些打算和安排。凤姐委托她的兄弟王仁带着巧姐离开家去家庙中躲避，在凤姐的眼中家庙是一个安全的地方，而且这里也不会被入官，就算是贾府最终被查抄，那么这里起码是安全的，女儿巧姐起码不会流落街头。当时掌管家庙的是贾芹，凤姐对贾芹有恩惠，所以贾芹不至于坑害巧姐。再者，当时凤姐已经没有寄托巧姐的地方了，她的娘家也已经出事了，她只能出此策略。

当时王仁其实也已经失去了寄居的地方，自打凤姐失势之后，她在贾府中已经没有任何地位，肯定也受了很多邢夫人的气。邢夫人是一个连自己兄弟都嫌弃的人，更何况别人。所以凤姐也急需给自己的兄弟王仁找一个安身立命的地方。

凤姐聪明了一辈子，但是到最后却做了一些糊涂事，正是因为她最后的糊涂给巧姐带来了巨大的悲痛，而巧姐的悲剧从此刻开始拉开序幕。这个本身不会被出卖、不会被典当的地方，却见识了巧姐被出卖，这是何等的讽刺。而那些曾经受过凤姐恩惠的人，现在都一个个站出来恩将仇报，开始出卖王熙凤和巧姐。众叛亲离？谈不上，但至少这一刻的王熙凤是“墙倒众人推”！

而巧姐正是因为王熙凤的一着不慎，从此开始了另一种人生。

# 第十一钗

## 谁似一盆兰，美韶华去

——李纨的无常性命

李纨的悲剧从一开始便开始了，热心，血性，才情，却被剥夺了快乐，承受着世间最痛的痛，韶华去，虚名何在?

## 世间最痛的痛

镜里恩情，更那堪梦里功名！

那美韶华去之何迅！再休提绣帐鸳衾。

只这带珠冠、披凤袄，也抵不了无常性命。

虽说是，人生莫受老来贫，也须要阴骘积儿孙。

气昂昂头戴簪缨；光灿灿胸悬金印；

威赫赫爵禄高登；昏惨惨黄泉路近。

问古来将相可还存？也只是虚名儿与后人钦敬。

——《晚韶华》

与巧姐不同的是，李纨的悲剧是从最初就开始了。李纨的丈夫是贾珠，根据书中的介绍，他是一个非常优秀的人才，不仅仪表堂堂，而且知识渊博，可就是这样一个人物早早去世，留下了年轻的李纨，从此之后李纨开始了守寡的生涯，日后的生活根本就没有了“绣帐鸳衾”。

有人说李纨是心如枯井，我们且不知道其原因是真正忘不了贾珠，还是受到封建思想的约束，总之之后的李纨“惟知侍养亲子，闲时与小姑针黹而已”。李纨的所作所为让贾府上下非常放心，所以她也就有资格搬进了大观园和姑娘们居住在一起。

李纨在大观园中的住所叫作“稻香村”，这里“一带黄泥筑就矮墙，墙头皆用稻茎掩护”，“里面数楹茅屋。外面却是桑，榆，槿，柘，各色树稚新条，随其曲折，编就两溜青篱。篱外山坡之下，有一土井，下面分畦列亩，佳蔬菜花，漫然无际。”

没有到大观园的李纨用“心如枯井”形容丝毫不为过，而到了这里之后她的精神面貌似乎焕然一新，在二月二十二日，姑娘们刚刚搬进大观园，春天还没有过完，她就嚷嚷着要办诗社。

而李纨能够提出这个想法，说明此时的她已经获得了新生，她开始对美好幸福的生活充满了憧憬和向往。但是李纨是谨慎的，她无论做任何事情都显得非常小心，很多时候她的想法也就没有办法得以实现了。所以在半年以后，也就是在八月的时候，在探春的提醒下，她才重新想起了这个构想，于是发出了帖子，邀请众人一起办诗社。自然李纨对探春的重新提起进行了肯定，她称赞探春“雅得很”。

随后李纨对这个诗社大力支持，她不但自荐为掌坛人，还将自己的稻香村作为了诗社的社址，并且肯定了林黛玉提出的建议，相互之间也不再用姐妹嫂子相称，每个人都取了一个雅号，从此之后大家一起“雅”了。

随后李纨还颇有创意地邀请王熙凤担任监社御史，从而极好地解决了诗社的经费问题。李纨自然知道如果没有钱的话，很多事情都没有办法做下去，而解决这个问题最好的办法就是拉管家王熙凤一同参加。为了让王熙凤就范，李纨一口气送给了王熙凤“无赖泥腿市侩”、“下作贫嘴恶舌”、“黄汤灌狗肚”、“狗长尾巴尖”、“泼皮破落户”、“楚霸王”一系列的称号，更是“恨不得将万句话来并成一句，说死那人”，这一段的描写和李纨一贯以来的性格不符，她的这种势不可当的姿态才是她性格中最为夺目的地方。

王熙凤在李纨的一系列轰炸下，只能连连告饶，她说自己如果不答应的话，“岂不成了大观园的反叛了！”王熙凤是聪明人，当然知道大观园中的姑娘们和李纨的心是相通的，尤其在这件事情上，她不能和李纨对抗。

本来在权力的斗争中，李纨已经败下阵来了，此时为了一点小事，王熙凤自然不会和这个大嫂子争论了。王熙凤的一生对李纨没有做任何的报复，两妯娌之间虽然存在着矛盾，但是相互和平共处了一生。

李纨提出了第一期诗社的诗题是咏白海棠，在李纨的运作之下，很快探春的提议得到了落实。通过这次事件我们可以看到李纨潜在的活动能力。我们无法知道当李纨掌管了荣国府会是一个什么样的状况，但至少这位大嫂子还是有一定能力的，在之后她和探春、薛宝钗合管荣国府的时候，虽然显得有点懦弱，但是她的这种性格是长期守寡而得来的。因为在那个时代，寡妇本身就是弱势群体，即便她们很努力、很善良，得到的无非是别人的同情而已。

李纨从进入大观园之后，再到组建诗社，这个过程让李纨变成了另外一个人，我们能够看到她的笑容、能够听到她的笑声，还能够听到她的诗歌、她对别人诗歌的评价，和众位姑娘们在一起，她似乎走出了那个封闭着的、令她窒息的“三纲五常”。

可惜的是，这只是短暂的，随着大观园的被抄检，以及最终贾府的衰败，李纨的喜剧结束了，重新在她身上看到了封建礼教的残忍。总而言之，在大观园吟诗作对的这段日子里，李纨是快乐的，甚至我们可以猜想到这个女子如何欢快地热心于结社作诗，但偏偏这是短暂的，没有多久连这种最基本的快乐也被剥夺了。

其实，李纨不仅是一个热心的、有能力的女子，她的诗歌同样精彩，其中蕴含着丰富的知识，能够看到一个睿智的李纨。贾宝玉曾经评价李纨的诗是，“善看，又最公道”。通过诗社，曹雪芹让读者看到了不一样的李纨，看到了李纨的才情，让人们知道李纨平常的“无好无为”，其实是“不得不为”。

要知道李纨背负着整个礼教的压迫，她从一开始就是一个牺牲品，她不是一个心如枯井的人，她是一个年轻的女子，她有着自己对爱情、对生活的幻想，但是这些在封建礼教面前算得了什么呢？

稻香村“有几百株杏花，如喷火蒸霞一般”，或许李纨就是这关不住的红杏。

记得在芦雪庵赏雪联句时，李纨居然惩罚贾宝玉去妙玉那里讨要红梅，在大观园中妙玉和贾宝玉有着不同一般的情谊，对于这件事很多人心中有数，李纨其实在用这种惩罚的方式来调侃贾宝玉，同时以此种方式表达了李纨对男女之间感情的同情、关注以及鼓励，自然还会有一丝的羡慕。从此处我们可以窥探到李纨内心真正的想法，虽然这只是冰山一角，但这些已经足够了，因为通过这件事我们可以知道李纨不是石头一样的李纨，李纨也是有感情的女子。

在《晚韶华》中，虽然李纨将自己所有的心思和希望寄托在了儿子身上，最终贾兰也是“气昂昂头戴簪缨，光灿灿胸悬金印，威赫赫爵禄高登”，但谁又知道“昏惨惨黄泉路近”？

李纨的悲剧从最初就开始了，而这种悲剧一直持续到最后。

在很多读者的眼中，李纨是无能的，是吗？李纨是封建礼教的牺牲品，她接受的是“女子无才便是德”、“竟如槁木死灰一般，一概无见无闻，唯知侍亲养子，外则陪侍小姑等针黹诵读而已”的思想，但是通过对她的描写我们可以看出李纨并不是无能者，她有能力，无论是诗歌方面，还是管理能力。

当然在很多时候，李纨是很容易被人们遗忘的。在《红楼梦》中有两个被称为“菩萨”、“佛爷”的人，其中一个就是李纨。无论是“菩萨”还是“佛爷”，都是指慈善之人。

李纨在贾母那里虽然也得到了赏识，但是她显然没有王熙凤那般会讨人喜欢。在第五十回“芦雪广争联即景诗，暖香坞雅制春灯谜”中有这样一段描写，贾母问一个盘子中是什么东西，众人忙说是糟鹌鹑，于是贾母说：“这倒罢了，撕一两点腿子来。”李纨答应了之后准备洗手亲自来撕扯，贾母又说：“你们仍旧坐下说笑我听。”还说，“你也坐下，就如同我没来的一样才好，不然我就去了。”众人听完之后都坐下来，李纨也坐了下来。

王熙凤是八面玲珑的，她懂得如何讨贾母的欢心，在这一点上大嫂子李纨显然落得下风，她无法把握最好的时机去讨贾母的欢心，而这个耿直的人只能以自己的方式在贾母面前生活。

李纨是荣国府中最正儿八经的“主子”，她的这种地位和王夫人是一样的，只不过辈分低一些而已。所以在王熙凤生病的时候，李纨开始掌管荣国府的大小事务，虽然很多人认为是曹雪芹有意识安排了这位菩萨奶奶的戏份，也有人认为在这一段中更多地体现出了探春的能力，但事实上如果没有李纨在后面撑腰，探春又怎么可能管理得顺风顺水，李纨的能力固然不如探春，李纨也许有着太多的自卑，但这些不是李纨的错，李纨也不是很多人嘴里的“无能”。回到那个时代，就会知道一个寡妇做任何事情本就是非常难的。

根据《晚韶华》，李纨的晚年有荣耀的一段。李纨出身于官僚家庭，她的父亲李守中担任过国子监祭酒，李纨从小读的就是《列女传》等书籍，从小接受的就是封建伦理道德观念的熏陶，她也最终成为一名典型的封建社会淑女。所以在贾珠去世之后，她能够安之若素，每天只知道孝敬公婆以及抚养儿子，在她的心中已经没有了其他感情，这就是她所有的人生。当然通过上文的分析，李纨的内心是充满感情的，甚至是澎湃的，她只不过是将自己深深的愁苦隐藏起来，不随便显露罢了。而她的这种痛苦才是人世间最为痛的痛。

在第三十三回中，贾宝玉遭到毒打，王夫人便叫着贾珠的名字大哭，她说："若有你活着，便死一百个我也不管了！"这句话一方面说出了贾珠的优秀，也说出了王夫人对这个儿子的喜爱，除此之外这句话犹如一根针一样刺中了李纨，于是她不禁放声痛哭，这里的李纨是真实的，她的痛苦在此刻全部宣泄出来。

虽然这首曲子说的是李纨最终享受到了荣华，但是这种荣华来得也太晚了些。这个苦命的女子从来没有做过主角，在《红楼梦》所有的重要事件中，李纨都有出场，但是她永远只是作为配角出现，并没有给读者留下特殊的印象，或者这和她的身份以及思想性格是相符的，荣国府的大嫂子是一个恪守封建礼教、一个与世无争的寡妇，她只求安顺，丝毫不愿意卷入任何的矛盾争斗中。

李纨是封建妇女的杰出代表，但她是快乐的吗？在那个时代，一些卫道士们鼓吹程朱理学，他们认可的是妇女的贞烈气节，但是这些妇女本身却遭受着这种封建枷锁的束缚，这种压迫是痛苦和残忍的。

就像李纨，虽然她有资格享受所谓的贞节牌坊，能够被编入“列女传”；虽然在寿终之前能够得到“凤冠霞帔”的荣耀，似乎她得到了认可，得到了统治者的认可，但这些又有什么用呢？能换来一个女子逝去的几十年青春吗？

李纨辛苦了一辈子，晚年因为儿子的原因得到了荣耀，但是这些都抵不了她的悲惨，她逝去的青春没有人帮她追回，她没有享受到任何关于青春的享受。即便晚年得到了荣耀，很快自己的寿命已至。在《红楼梦》中虽然有“气昂昂”、“光灿灿”、“威赫赫”等词语来形容贾兰升官的荣耀，但是这些在笔者读来却充满着讽刺意味。

在很多人眼中，李纨是被讽刺或被批评的。曹雪芹也说，“枉与他人作笑谈”、“也只是虚名儿与后人钦敬”……其实每个人都有不同的人生，虽然曹雪芹先生是借李纨的遭遇在揭露封建礼教，但或许李纨所选择的这种生存方式并没有错，至少说错不在李纨。

李纨出场时就是寡妇，直到最终也还是寡妇。她每天过的就是简简单单的生活，生活中没有任何的起伏。正是因为她的这种平淡性格铸就了她平淡的一生。虽然从《红楼梦》中看不到李纨和贾珠感情的直接描写，但是通过李纨对贾珠的思念能够看出，他们在一起的日子是快乐的、幸福的，甚至可以说是鸾凤和鸣、琴瑟相谐的，所以李纨在贾珠离开人世之后，选择将自己的心封闭起来，是很有可能的。我们在痛骂封建礼教、在感慨李纨一生的同时，就不要再讽刺和批评这个女子了。

另外，李纨是荣国府的大少奶奶，而且还育有一个儿子，按道理以她在贾府的地位和资格更应该享有管理的权力，但事实上李纨对整个荣国府的管理来说，几乎是可有可无。如上文所说，在凤姐生病的时候，王夫人将管理的权限交给了李纨，由探春来辅助。而在最终的工作中，很多工作都是由探春主持的，李纨成了幕后的支持者。在这里探春没有错，李纨更没有错。与其批评李纨没有能力，不如理解成李纨的故意避让，因为她知道荣国府的管理本就是一个具有风险的工作，自己一个寡妇很多事情自然不适合参与。在荣国府主子和主子之间有着矛盾、下人和下人之间有着矛盾、主子和下人之间有着矛盾，种种矛盾的重叠，就算是聪明的王熙凤在贾琏的撑腰下都无法面面顾及，更不要说李纨这样一个寡妇了。李纨是怎样的一个人？在下人眼里，她是一个面和心软的活菩萨；在少爷小姐们眼中，她是一个能一起喝酒吟诗的、随和的嫂子；在老爷太太眼中，她是一个安分守己的大少奶奶。李纨自然不想改变自己的这种形象，有这些她已经足够了，她是没有探春那样的魄力，但是每个人都有自己的活法和追求，李纨自己内心已经满足了。

如果不是想到她每夜的孤枕，或许在贾府的李纨是幸福和安稳的。

李纨在贾宝玉生日的那天晚上掣签吃酒，她掣出的签是“竹篱茅舍自甘心”，或许这就是她生活的真实写照。李纨选择了“枯井”一般的生活，同时也是命运给予了她这样的生活。如果她改嫁，或许情况会更糟，连现在的这种快乐恐怕都会失去。

## 停靠在时光中的笑谈

桃李春风结子完，到头谁似一盆兰。

如冰水好空相妒，枉与他人作笑谈。

——《判词》

李纨是一个几乎完美的女性，在她的身上似乎找不到任何的缺点，但她少年丧夫，使得她早早过上了守寡的生活，虽然最终儿子做了大官，自己也被封为了诰命夫人，但是这些都无法避免她逝去的青春，她的前半辈子每个夜晚的孤独又有几个人知晓？

看李纨的判词莫名地有一种忧伤。

在贾珠离世之后，李纨将自己所有的精力都放在了儿子贾兰身上，一心要培养这个儿子，“桃李春风结子完，到头谁似一盆兰”。她对贾兰的培养很全面，不仅让他读圣贤书，而且还从小习武。在第二十六回中，贾宝玉在大观园中闲逛，他是一个诗意的人，所以他在沁芳溪看了金鱼，还和金鱼说了话，但就在此时有两只小鹿跑了过来，贾宝玉想不通为什么小鹿会如此惊慌失措，此时就看到贾兰拿着弓箭跑了过来，贾宝玉还责备了贾兰的淘气。但是贾兰却说自己在读书的闲暇会演习骑射。在那个时代，很多贵族家庭不仅培养儿子认真读书，以求最后能够考取功名，而且还会教他们习武，以求能够文武双全。李纨自然望子成龙，所以从小培养贾兰的文和武。而且那个时候本身在科举考试中有武科，后来对贾兰的描写有“气昂昂头戴簪缨，光灿灿胸悬金印，威赫赫爵禄高登”的句子，我们可以理解他最终的确成了文武兼备的人才。

虽然李纨的一生是悲苦的、平淡的，但是平淡中容得下她。妙玉曾经续诗的时候有两句“钟鸣栊翠寺，鸡唱稻香村”，这应该是在预示贾府被查抄之后，唯独有这两个地方能够保留下来。

栊翠庵之所以能够保留是因为妙玉本身就和贾府没有什么关系，虽然在那个时候有“连坐”，而且栊翠庵本身也是贾府的地盘，但这些对于妙玉来说似乎不惧怕。因为人家下帖子请她来，本身就和她没有关系，而且当时是因为元春省亲，这个理由足够冠冕堂皇。但是对于王夫人来说问题就大了，因为此时的元春已经惨死，皇帝既然选择了抄家，那说明对贾府已经厌恶至极了，而一旦她因为元春省亲而邀请妙玉的帖子被查抄出来，她就是浑身是嘴也解释不清楚了。

栊翠庵能够保全尚且可以理解，因为里面住的本就不是贾府的人，那么稻香村呢？

住在稻香村的李纨母子可是彻彻底底的贾府主子，而且他们在贾府的地位都很高，为什么他们也能够“雄鸡唱晨”呢？这可能是因为查抄的官员将李纨守寡多年的事情报了上去，而且也讲到了李纨是一个什么事都不管的人，贾府的各种罪状和她没有任何关系。当时的皇帝提倡的是她这种贞节行为，所以李纨母子能够法外开恩，没有被拘禁，依旧可以住在稻香村中。等到最终查实他们的确跟贾府的罪状没有关系的话，他们就可以彻底解脱。而也正是如此，李纨严格督促儿子读书习武，最终高中科举，还建立了功勋，光宗耀祖。

那么，在贾府那样的大家庭中，以李纨的身份和地位为什么没有参与到贾府的管理当中？就算是没有人安排她管理，那她也应该主动承担这样的责任，毕竟她是大少奶奶。

的确，李纨应该是贾府的管理者，在第四回中将此解释为“这李纨虽青春丧偶，居家处膏粱锦绣之中，竟如槁木死灰一般，一概无见无闻，惟知侍奉亲子，外则陪侍小姑针黹诵读而已”。虽然她有督促儿子的重任，但是这和她管理贾府一点都不冲突，况且当时贾兰已经很大了，自然不需要母亲整天跟着。而且在书中多次提到荣国府的管理者王熙凤大字不识，在她的工作中凡是涉及字的工作，诸如记账、写字、查书之类，都是由一个叫彩明的小孩子来完成。有一次临时还让贾宝玉帮她写过一份账单不像账单、礼单不像礼单的东西。王熙凤来管理荣国府在这一点上就会存在很大的弊端。而李纨出身书香门第，虽然她的诗歌比不了几位小姐，但记记账绝对绰绰有余。作为荣国府的大儿媳，李纨没有理由放弃操持家的责任，她本应该协助王夫人，承担其管理家的责任。而事实上她却做到了“一概无见无闻”。

不过，李纨也做过一些协助王夫人的事情，比如前文中多次提到的在凤姐生病的时候，代管荣国府；比如第七回中讲到的“原来近日贾母说孙女儿们太多了，一处挤着倒不方便，只留宝玉黛玉二人这边解闷，却将迎春、探春、惜春三人移到王夫人这边房后三间小抱厦内居住，令李纨陪伴照管”。

但这些都没有成为李纨的主要生活，在完成任务之后，李纨依旧过着自己平淡的生活。这位荣国府的正牌大儿媳有着诸多先天和后天的优势，但是最终却没有成为荣国府的管理者，而是将贾赦的儿媳王熙凤请来管理，这到底是什么原因呢？

贾母曾经说李纨是“寡妇失业的”，这极具传神的五个字一方面道出了贾母对李纨的怜悯，另一方面也写出了李纨在贾府的处境。在封建社会，丈夫就是女子的事业，一旦丈夫离开人世，女子就等于失去了所有，她们唯一能做的就是由一个“未亡人”最终变成“亡人”，而树立一块“牌坊”就是她们唯一的任务和价值了。于此，就可以很合理地解释为什么李纨没有管理贾府了。

不仅是李纨，就连贾兰实际上在贾府的处境都是极为尴尬的，是属于边缘化的。虽然贾母非常可怜这位孙媳妇，但是在贾母的内心只不过是维持了她的尊严和利益，并没有真心实意地疼爱她；王夫人本就是一个不苟言笑的人物，只不过是在见到贾宝玉的时候还能看到一点笑容，其他时候都很难看到她的笑容；而贾政更不用说了。以此可以看出，李纨这个大少奶奶在丈夫死后，真正地成了“孤家寡人”。

在第二十二回中对猜灯谜的描写就能够看出贾兰的处境。按道理在这种关键的时刻，贾兰是肯定要出场的。但是偏偏在此时贾兰没有出现，当贾政发现贾兰不在的时候，就问：“怎么不见兰哥？”于是有人赶紧去问李纨，李纨则说：“他说方才老爷并没有去叫他，他不肯来。”婆娘们将这个消息回复了贾政，大家都笑着说贾兰就是天生的“牛心古怪”。于是，贾政让贾环和两个婆娘一起去叫贾兰过来。不要说元宵节了，就算是平常家庭聚会，像贾兰这样的孙子理应主动来到长辈面前，哪能等长辈去请他呢？笔者想通过这一段多少还是能够看到贾兰在贾府的处境并不是很好，如同他的母亲，只不过是有一个不错的头衔而已，真正意义上并没有太多人疼爱他们。

李纨是孤独的，她得不到亲人的疼爱，更得不到丈夫的宠爱，只能背负着所谓的“贞节牌坊”在漫长的岁月中抽丝一般地生活下去。

在第七回“送宫花贾琏戏熙凤，宴宁国府宝玉会秦钟”中，有一段描写贾琏和王熙凤的闺房之乐；而此时的李纨正歪在炕上打盹。两个小场景的对比就能够看出这位大少奶奶的寂寞和苦楚。

李纨虽然和几位姐妹们很亲近，而且经常在一起喝酒作诗，在第三十九回螃蟹宴上，李纨因为平儿触动了心事，说起贾珠在世的时候，也有几个房里人，但最终都守不住寂寞，于是乘着她们年轻，早早打发了，“若有一个守得住，我倒有个膀臂。”李纨说到这里的时候已经掉下了眼泪，众人则说：“又何必伤心，不如散了倒好。”说完之后众人都洗了手，然后到贾母和王夫人那里去了。

这里也怪不得众人的冷漠，因为在那个时代寡妇的处境本身就是很尴尬的，在欢乐的场合，贾府中的很多人对李纨是在尊敬中多少有些警惕，她们不知道如何去对待这位大嫂子，沉默吧，显得没有人情味；欢笑吧，对李纨本身就是一种残忍；同情吧，治标不治本，而且显得伪善。众人索性选择忘记李纨的身份和处境，将她当作一般人去对待，或许这样会稍微好一些。而李纨也只能将自己的苦楚咽到肚子里，要不然就显得不合时宜了。只有在别人提起的时候，她才能够在公开场合宣泄自己的感情。比如上文提到的宝玉挨打的那次，王夫人想到了贾珠，提到了贾珠，李纨此时的情绪已经到了临界点，终于发泄了出来。

李纨对于整个贾府来说似乎就是一种摆设，只不过这种摆设是精神上的，因为贾府有这样一个活牌坊，所以能够让别人看到贾府的气节，只要有这个精神摆设，那么不管贾珍、贾琏还有其他人如何荒唐，终究在外人眼里贾府还是有"规矩"的。

封建社会的寡妇是一种特殊的群体，是一种不能被现代人所理解的群体。所有关于李纨的怀疑，只要将她和她的寡妇"身份"联系在一起，就迎刃而解了，所有的疑问都可以得到解释了。

不要说李纨，就连贾兰在贾府中同样遭受着漠视，似乎这个荣国府唯一的重孙子不存在一样。当时贾琏没有子嗣、宝玉还没有娶亲，按道理贾兰的地位很尊贵的，但是在《红楼梦》的前八十回中根本看不出他地位的尊贵，他完全没有贾宝玉一样的风头，也只能和贾环混在一起。

之前提到的第二十二回中贾兰没有成为主角。在第五十四回荣国府元宵夜宴的时候，同样没有贾兰的身影。就连贾菱、贾菖这些人物都出现了唯独没有贾兰。此时的贾兰估计在家里温习功课呢，就连最喜欢摩挲孩子的贾母此时也没有想到自己唯一的重孙子。

从小失去父爱的孩子本身就是敏感的，他们的心事本身就要比别人重，他们不可能成长为天真烂漫的孩子，因为他们早熟，因为他们从小就懂得了机警地观察这个世界，尤其是在贾府这种大家族中。本来子孙就多，长辈们对子孙的疼爱又多少还有些功利色彩，所以内向、敏感的贾兰根本就得不到长辈们的疼爱，因为贾母的疼爱更多地给了宝玉和凤姐。

李纨并不傻，有的时候她只能选择装傻而已。她的精明在书中有多处提到，比如宝玉他们要办诗社的事情，李纨就“教唆”他们去找凤姐。当然凤姐也不是傻瓜，她快人快语帮李纨算了一笔账，李纨每月能领到十两银子，而且贾母和王夫人都认为她“寡妇失业的”，而且还带个孩子，所以又多了十两银子，这个数字和贾母、王夫人领到的都一样了。同时，李纨还有园子里的地，还能够收取一些租子，年末的时候还能领到一大笔。去掉开支，李纨每年至少能够积攒四五百两银子。王熙凤的这番话一方面说出了李纨的小气，另一方面也点出了自己的为难，此时李纨赶紧将话头转移开来，说到了凤姐前一天打平儿的事情，以转移众人的视线。只不过凤姐也不想得罪这些少爷小姐，她的这番话说完之后，最终还是给了他们五十两银子。

贾府这种大家庭人多嘴杂，其中的斗争和矛盾数不胜数，作为大少奶奶的李纨对此非常清楚，鉴于自己孤儿寡母的处境，索性她宁愿做一口枯井，过最平淡的生活。或许如果贾珠还活着，那么荣国府的大少奶奶就不是这般光景了，而贾府中最受宠爱的恐怕就不是贾宝玉，而是贾兰了。

# 第十二钗

## 春尽落香尘，迷幻情身

——可卿的风情月貌

秦可卿，一个极具魅力的女子，贤良，淑德。然而，"月满则亏，水满则溢"，最终也落了个春尽香落的下场，可惜，可叹。

## 尘香落了满地

画梁春尽落香尘。

擅风情，趁月貌，便是败家的根本。

箕裘颓堕皆从敬，家事消亡首罪宁。

宿孽总因情。

——《好事终》

秦可卿在笔者眼中一直以来是一个值得同情的女子，很多人说她是不贞的女子，但我认为这一评价对她来说一点都不公平，因为很多事情并不是她的本意，虽然这首《好事终》也将贾府的衰败归罪于秦可卿，可是秦可卿只不过是一个表象而已，隐藏在背后真正的罪恶何不翻出来呢？

在《红楼梦》中秦可卿和贾珍的关系一直不清不楚，所以这里的《好事终》其实就是在说他们之间的乱伦丑事告一段落，曲中明显带有讽刺的味道。

如果说巧姐的悲剧是从贾府被查抄之后开始的，她小时候起码有快乐的记忆；如果说李纨的悲剧是从贾珠离开人世之后开始的，在贾珠还没有离世的时候，她尚且还有过快乐。那么秦可卿就不同了，她从小被遗弃在养生堂，抱养她的是“寒儒薄宦”之家，之后她来到了贾府，继而开始了自己的罪恶生活。导致这种罪恶的魁首并不是秦可卿，而是贾府本身的糜烂生活，以及贾珍这种禽兽。

这首曲子虽然说的是秦可卿，但事实上是着眼于整个贾府，而这个“百年望族”，祖上有过丰功伟业的大家族最终衰败的原因之一就是贾敬的荒诞以及其对子嗣的放任自流。正是因为如此，使得宁国府上下乱伦、纲常败坏。而秦可卿的离世，实际上是一个征兆，是这个封建大家族即将走完鼎盛，最终衰亡的征兆。

因此，这首曲子已经脱离了秦可卿这个人本身，而具有一定的历史厚重感，拥有了更为广泛的社会意义。

秦可卿死得比较早，而那个时候似乎贾府还没有开始衰败，因为之后还有元春省亲、庆祝元宵等盛世，但是秦可卿还是被曹雪芹定为了“败家的根本”。表现上看，贾府的衰败是由于这首曲子所总结的“宿孽总因情”，但是四大家族最终的衰败是历史所决定的，他们这种腐朽的生活方式，以及被败坏尽了的道德本身就决定了最终会走向衰败。

贾府最后发生变故是从荣国府开始的，甚至有罪状的基本上都在荣国府。贾宝玉的罪状很奇怪，“不肖种种承箸挞”，虽然贾宝玉有些喜欢“拈花惹草”，但绝对没有像贾珍父子那样无耻。在宁国府中有很多事情很不像话，比如贾敬对子孙的放纵，最终导致种种丑行，这远远比贾政想要严格约束子女只不过事与愿违要严重得多，这才应该被定为最大的罪过；王熙凤的弄权、敛财和害命基本上都是在协助管理宁国府的时候开始的，当贾珍流泪向王夫人邀请王熙凤的时候，他说“爱怎样就怎样，要什么只管……取去”。正是因为他的这种纵容，使得王熙凤有点忘乎所以了。在铁槛寺之后，“凤姐胆识愈壮，以后有了这样的事，便恣意的作为起来”。还有计赚尤二姐、大闹宁国府，这些事情都和贾珍、贾蓉有很大的关系。其实秦可卿的“风情”、“月貌”以及她本人，都是曹雪芹揭示贾府种种关系的凭借。

通过这首曲子的前几句似乎曹雪芹将贾府败落的责任全部放到了秦可卿身上，但仔细看完之后会发现，她是一个引子，从她身上引出了贾敬、贾珍、贾蓉等人，继而将他们的罪恶丑行一一暴露出来。至于秦可卿是主动堕落还是被迫，书中没有写，我们也很难猜测出来，但不管从哪个角度讲，最终需要负责任的还是贾敬。贾珍贪图秦可卿的美色，不顾伦理道德，继而两人之间有了丑行，最终秦可卿只能选择自杀。而贾珍的这种嘴脸责任同样在他的父亲贾敬身上，贾敬是个一心想做神仙的人，所以他整日整夜地烧丹炼汞，

“只在都中城外和道士们胡羼”，对于自己的责任以及对子女的教育完全忽视了，正是因为他的这种行为导致了贾珍、贾蓉这种人的无法无天，他们父子二人“只一味高乐不了，把宁国府翻了过来”，宁国府上下也没有人管他们，也没有人能管得住他们。

不过，不管怎么说秦可卿本身也是此中的好手。我们且来看看她卧室的布置，这就可以看出秦可卿“风月”的一面。

有一回讲到贾宝玉在宁国府玩累了，想要找到一个地方睡午觉，先是到一个挂着燃藜图的房间，看到这幅图画贾宝玉就不愿意了，再加上劝人读书的对联“世事洞明皆学问，人情练达即文章”，一下子让这个公子哥倒了胃口，因为有这样的前提，所以秦可卿就带他去了自己的卧室。

贾宝玉刚进入房间就闻到了一股细细的甜香，“细细的甜香”本就是秦可卿房间熏的香，在这里也暗示了秦可卿有一种让男人抗拒不了的魅惑力。

继而秦可卿卧室中悬挂的《海棠春睡图》映入眼帘，这幅画画的是杨贵妃，因为唐明皇曾经形容她是“海棠春睡”，这幅画挂在这里的目的就是为了说明秦可卿的美貌，她的美貌堪比杨贵妃。

在《海棠春睡图》两边则是一副对联：“嫩寒锁梦因春冷，芳气笼人是酒香。”这副对联描写初春时节是人睡觉的最好时节，有淡淡的花香，微微的酒意。这都是在表现秦可卿房间的环境氛围。

“案上设着武则天当日镜室中设的宝镜”，当然武则天的宝镜是虚写。唐高宗因为宠爱武则天，于是给她建造了四壁都是镜子的镜殿，之后武则天和她的面首张氏兄弟经常在这里进行淫秽活动，这是历史上真实存在的事情，在这里又点到了武则天的宝镜，显然曹雪芹这样做的目的还是为了暗示秦可卿。接着又写道“一边摆着飞燕立着舞过的金盘”，赵飞燕跳过舞的金盘同武则天的宝镜一样，是不可能出现在宁国府的，写这些都是为了暗示秦可卿。

如果说前面的这些暗示都仅仅点到了秦可卿的话，那么接下来的一些暗示则说出了秦可卿和贾珍的乱伦关系。

“盘内盛着安禄山掷过伤了太真乳的木瓜”，曾经有这样一个传闻，安禄山在叛乱之前受到唐明皇的宠信，甚至还成了杨贵妃的养子，安禄山和杨贵妃有私情，他曾经用手指爪抓伤了杨贵妃的胸乳，后来因为“指爪”和“木瓜”的发音相似，最终被说成了安禄山掷木瓜伤了杨贵妃胸乳，这里就直接点到了秦可卿和贾珍之间的关系。

而秦可卿安排贾宝玉睡午觉时，她“亲自展开了西子浣过的纱衾，移了红娘抱过的鸳枕”。在《浣纱记》中，西施就是在浣纱时和范蠡定情的；在《西厢记》中，红娘抱着鸳枕送崔莺莺和张生幽会的。所以“纱衾”和“鸳枕”慢慢成了戏剧和小说中香艳故事的代称。而这两样东西出现在秦可卿的房间中，同样是在暗示着秦可卿是这方面的好手。

这一段秦可卿房间的描写相当精彩，其中出现了真实人物、传说故事、戏剧中的物品，再加上曹雪芹自己的虚构继而完成了这个场景。这样一段描写，读者读来会领略到很多，同时也对秦可卿的这个形象理解得更为直接。

# 风光的送葬

情天情海幻情身，情既相逢必主淫。

漫言不肖皆荣出，造衅开端实在宁。

——《判词》

《红楼梦》中有个焦大，鲁迅先生评价他是“贾府的屈原”，焦大有一次醉酒之后大骂“爬灰的爬灰，养小叔子的养小叔子”，他的这些言辞将整个宁国府最为灰暗的一面揭露了出来。“爬灰”指的就是秦可卿和公公贾珍之间的丑行。

秦可卿出场的次数虽然不是很多，但其中有两次却非常重要。一次是宝玉在神游太虚幻境时，她以警幻仙子之妹的身份许配给了贾宝玉；还有一次是临死之前在凤姐的梦中托付了一件没有了的心愿。

虽然在很多人眼中秦可卿是“不贞”的代名词，但有些事情错并不在她。秦可卿也曾想过振兴家业。她之所以托梦显然是考虑到了贾氏家族的大计，想要延续贾府的光辉，她算得上贾府中有理想的人。而她托梦的内容“但如今能于荣时筹划下将来衰时的世业，亦可谓常保永全了。即如今日诸事都妥，只有两件未妥，若把此事如此一行，则后日可保永全了……”同样能够看到秦可卿的责任感。

秦可卿是宁国府的长孙媳妇，她对整个家族拥有一定的责任感，所以她和荣国府的女强人王熙凤之间的关系很好，只可惜宁国府的情况比荣国府差很多，贾敬是一个不理事务的人；贾珍是一个胡作非为的人；而贾蓉更是一个纨绔子弟，在父亲的影响下早就变坏了；尤氏又是一个懦弱无能的人，对丈夫是一味顺从，而对贾蓉是不管不问。

秦可卿是一个非常聪明的女子，她已经看出虽然宁国府有显赫的家世和积蓄，但是架不住子孙们的坐吃山空，她想着有所作为，她想按照“贤妻良媳”的形象来打造自己，她为人很和善，在为人处世方面，她留给荣国府和宁国府所有人不错的印象。而在她死后“那长一辈的想他素日孝顺，平辈的想他素日和睦亲密，下一辈的想他素日的慈爱，以及家中仆从老小想他素日怜贫惜贱，莫不悲号痛哭”。通过这一段的描写可以看出秦可卿之前的确想要做一个优秀的管家、贤惠的妻子，但是宁国府本身是一个大染缸，任凭你是谁都给你上了色。所以本来想有所作为的秦可卿在这里也很快陷入泥潭了，更何况她长得过于漂亮，这就让她不得不成为话题的中心，而当她和贾珍的丑行暴露之后，她就再也没有脸面活在这个世界上了，所以她只能选择上吊这唯一的一条路。而就在这个时候她还能想到托梦，还在惦记着贾氏家族的荣耀。

秦可卿托梦给王熙凤，而不是贾珍或者贾蓉，这说明在这个时候秦可卿对宁国府的这几位早就失望了，她托梦给和自己关系很好的王熙凤，在她的眼中王熙凤是唯一一个有可能挽救贾家的人，她对王熙凤说："婶婶，你是个脂粉队里的英雄，连那些束带顶冠的男子也不能比过你。"王熙凤是荣国府的管家，同时也是荣国府实际上的掌权人物。王熙凤的能力和心机自然是超过了很多贾府的男子，所以王熙凤成了秦可卿眼中唯一的希望。

秦可卿托梦主要有三方面的内容：第一，她希望王熙凤能够记住"树倒猢狲散"；第二，要想到一些办法保护处在危难之中的贾氏家族；第三，虽然马上有一件大喜事要到来，但是最终还是要散场。而她托梦的所有预言最终也都会实现。

《红楼梦》最大的魅力就是它明明是一场大悲剧，但总是悲喜交加，在悲剧中能够看到喜剧，而在喜剧中又透露着悲伤。尤其是在秦可卿丧事上，这是一件丧事，可是在其中看到了贾珍对待秦可卿丧事上的洋相。

秦可卿是重孙一辈的媳妇，而且她死得不明不白，按道理是不应该这样风光大葬的，可是最终不但大葬，而且显赫得离谱。宁国府在这件事情上开始摆阔了，“府门洞开，两边灯笼照如白昼，乱哄哄人来人往，里面哭声摇山振岳。”

在秦可卿的丧事中还做了旷日持久的佛事，贾珍这一次没有请民间的阴阳先生而是邀请了朝廷钦天监的官员来为秦可卿选择出丧的日期，这种做法真的是胆大妄为。最后就定下了这个旷日持久的治丧时间，宁国府要用49天的时间接受亲友们对秦可卿吊丧，还请来了108个和尚为秦可卿念经超度，并且在天香楼请了99位全真道士连续做49天解冤洗业醮。接着停灵在会芳园，灵前50位高僧、50位高道对坛按七做好事。贾珍的这种铺张真的是让人瞠目结舌。

不过这些活动在《红楼梦》中曹雪芹仅用了百字：“那应佛僧正开方破狱，传灯照亡，参阎君，拘都鬼，筵请地藏王，开金桥，引幢幡；那道士们正伏章申表，朝三清，叩玉帝；禅僧们行香，放焰口，拜水忏；又有十三众尼僧，搭绣衣，靸红鞋，在灵前默诵接引诸咒，十分热闹。”

在秦可卿的丧事中来帮忙的下人也几乎是一个天文数字：20个管给来客倒茶，20个管本家亲戚茶饭，40个在灵前添油挂幔守灵供饭供茶举哀，30个照管门户，这些就有110人。还有，4个管茶碟茶器，4个管酒饭器皿，8个收祭品，8个管灯烛，这些加起来就有134名。还有日常伺候主子们的丫鬟和下人也是随时参与其中。通过这个细节也能够看出宁国府平日以来的骄奢。

不仅在人的方面贾珍极具奢侈，就算是在棺木上同样很奢侈。当时他看了几副棺木都不够满意，正好此时薛蟠来吊唁，说他的店中有一块潢海铁网山上的樯木，这块木头做了棺材之后万年不坏。这块木头本来是给义忠亲王老千岁准备的，但是义忠亲王老千岁坏了事，所以这块木头一直保留在店中。这块木头本来就不是给一般人准备的，而贾珍听了薛蟠的这段话非常开心，派人将木头抬过来一看，果然不同寻常，“纹若槟榔，味若檀麝，以手叩之，叮当如金玉。”樯木发出的气味很像是金丝楠木，在《红楼梦》的描写中，这算是古代最为珍贵的木头，一般都是为帝王准备的。当贾珍问薛蟠这块木头多少银子的时候，薛蟠完全一副大爷口气，他说：“拿一千两银子只怕没地买，什么价不价的，赏他们几两工钱就是了。”贾珍听完自然大喜，马上派人开始解锯，此时贾政看不下去了，他出来阻止说：“此物恐非常人可享者，殓以上等杉木也就是了。”在那个时代用上等的杉木已经很讲究了，贾政本是贾珍的叔叔，而且他说得非常在理，但是贾珍丝毫听不进去，此时的贾珍完完全全就是一个跳梁小丑，真的是出尽了洋相。此时的贾珍恐怕真的恨不得自己替秦可卿去死，至于花点钱去买最好的棺材他已经完全不在乎了，更不要说这种棺木到底是给谁准备的了。

秦可卿在死后还得以连升三级，最终被封为龙禁尉，恐怕此时的贾珍愿意将所有的好东西都给秦可卿，自己头上的那个“三等威烈将军”估计都愿意写在秦可卿的灵幡上。但是秦可卿再怎么说是贾蓉的妻子，在她的灵幡上只能写她丈夫的头衔，而贾蓉只不过是黉门监，他的这个监生也是用钱捐出来的。如果将“监生”写到秦可卿的灵幡上，那就有点没面子了，和这一次浩大的葬礼不匹配，这些也不符合贾府的豪门气派，更不能将贾珍对秦可卿的“尽我所有”尽情展露出来，所以这让贾珍心里很不舒服。此时正好大明宫内相戴权来上祭，于是贾珍就想给儿子买个官，而戴权本身就是一个掌握着卖官大权的人，当然他也是一个极为精明的人，他知道贾珍此时的做法是临阵抱佛脚，而此时也正是好好敲诈他的机会。戴权完全摆出了一副奸商的嘴脸，然后口若悬河地开始讲解他的生意经，三百员龙禁尉缺了两个，前段时间襄阳侯的兄弟用一千五百两银子买走了一个，而且戴权还表示这位是老朋友，是看在他爷爷的分上，所以胡乱答应的，意思就是这个一千五百两银子有点少了。现在还缺着一个，已经有节度使要给自己的儿子买了，戴权表示自己还没有时间搭理他。然后戴权用了一个“咱们的孩子”，和贾珍拉近距离，然后表示如果一定要的话，就赶紧写一个履历表。脂批中对这个“咱们的孩子”的评价是，“奇谈，画尽阉官口吻。”戴权就这样开始兜售自己手中的龙禁尉名额，戴权和贾珍两个人之间“一个愿打，一个愿挨”，于是戴权似乎“很照顾”贾珍的，将“龙禁尉”的这个空缺以一千二百两银子卖给了贾珍，就这样贾珍把秦可卿灵幡上的地位做了一次升级。秦可卿的灵位是这样写的，“天朝诰授贾门秦氏恭人之灵位”。有意思的是，四品官的夫人是“恭人”，五品官的夫人是“宜人”，而“龙禁尉”的官位只不过是五品，为了在葬礼上的风光，贾珍又一次将秦可卿的级别提高了一级，当秦可卿成了四品官夫人之后，秦可卿停灵的会芳园立刻建了鼓乐厅，两班青衣按时奏乐，在鼓乐厅的两边，一对一对地摆着刀斧，上面还竖着四面大红的牌子，上面写着“防护内廷紫金道御前侍卫龙禁尉”，榜上大书“防护内廷御前侍卫龙禁尉贾门秦氏恭人之丧”。看看贾珍在这件事情上是多么的用心。

贾珍并不缺钱，整天只知道胡作非为，根本没有想过儿子的“前程”，也没有想过家族的前途，现在他突然站出来给儿子买官，显然这个官不是为儿子买的，是为已经离开人世的秦可卿买的。这就是一个非常尖锐的讽刺。

而通过这件事情也能够看出当时社会的腐朽，连皇帝的侍卫都可以随意买卖了，而且贾珍买得那么心安理得，戴权卖得也毫无羞耻感。曹雪芹不愧是文字高手，他将这一段写得很平静、很随意，但是却让人们读着很过瘾，真正将当时黑暗的吏治写得入木三分。

秦可卿的出殡情景是非常精彩的一段，甚至在古代小说中很少看到如此浩荡的送葬队伍。秦可卿的铭旌上写着“世袭宁国公冢孙妇、防护内廷御前侍卫龙禁尉贾门秦氏恭人之丧”，而能够和秦可卿此时身份相符的所有配套“执事陈设”全部在最短的时间内做出来了，看起来都很光彩夺目，更有宝珠自行未嫁之女，摔丧驾灵，十分哀苦。这一段同样写得非常具有讽刺意味，因为这个未嫁之女也是现认的。

秦可卿浩浩荡荡的送葬队伍将贾府的权势和地位全部展露了出来，有镇国公等六位国公继承人，有南安郡王之孙等七位郡王的继承人……在这个送葬的队伍中各种爵位的人都到齐了，而且王孙贵族数不胜数，这些人的各种摆设就摆了三四里路，这是何等的气派，当然此时极力写贾府的气派，和日后的大衰败做了一个对比，让人唏嘘不已。

除了几近夸张的送葬队伍之外，还有高规格的路祭，正是因为宁国府特殊的地位，所以皇室“四王”——东平王、南安王、西宁王、北静王在贾府送葬路旁搭起彩棚，奏起哀乐，点上香烛，祭奠亡灵。如此这般的路祭应该是最高规格的了，而贾府的权势也在此中表现得淋漓尽致。

用《红楼梦》中的句子就是“宁国府大殡浩浩荡荡，压地银山一般”，虽然字数不多，但是却写尽了贾府的繁华。当然在这段描写中曹雪芹留下了很多讽刺的笔墨，比如和荣国公、宁国公并列八公的其他六位是镇国公、理国公、齐国公、治国公、修国公、缮国公，他们的称号连起来实际上是对宁国府乌七八糟的讽刺。

无论如何，这位可怜的女子终究是死了。不过，秦可卿虽然死了，但是最终贾府还是没有跳出她的预言，“月满则亏，水满则溢”。